EX-LIBRIS

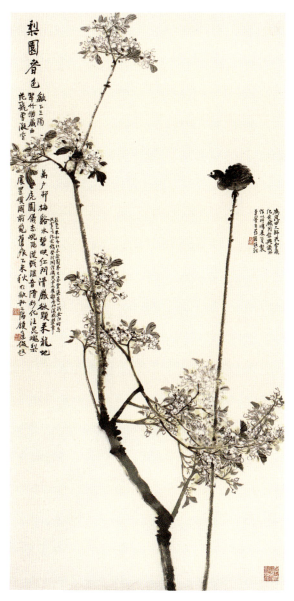

梨园春色 / 2015年 / 68cm×136cm

生命中最黑暗的夜晚

精典名家小说文库　谢有顺　主编

张翎

著

作家出版社

图书在版编目（CIP）数据

生命中最黑暗的夜晚 / 张翎著 . —— 北京：作家出版社，2018.6

（精典名家小说文库）

ISBN 978-7-5212-0092-8

Ⅰ . ①生… Ⅱ . ①张… Ⅲ . ①中篇小说 – 中国 – 当代 Ⅳ . ① I247.5

中国版本图书馆 CIP 数据核字 (2018) 第 126894 号

生命中最黑暗的夜晚

作　　者：张　翎
责任编辑：丁文梅
装帧设计：精典博维·肖　杰　马延利
责任印制：李卫东　李大庆
出版发行：作家出版社
社　　址：北京农展馆南里 10 号　　邮　　编：100125
电话传真：86-10-65930756（出版发行部）
　　　　　86-10-65004079（总编室）
　　　　　86-10-65015116（邮购部）
E–mail:zuojia@zuojia.net.cn
http://www.haozuojia.com（作家在线）
印　　刷：三河市兴博印务有限公司
成品尺寸：125×185
字　　数：60 千字
印　　张：4.875
版　　次：2018 年 10 月第 1 版
印　　次：2018 年 10 月第 1 次印刷
ISBN　978-7-5212-0092-8
定　　价：39.80 元

目录

生命中最黑暗的夜晚

早就听说了东欧的秋天煞气很重，沁园出发前已经做了一些基本的准备。上身穿的是一件带了绒夹里的白色夹克衫，下身是铜板一样厚实的牛仔裤，足蹬一双鞋底镂刻着蛔虫一样的深纹，可以在任何地形里自如穿行的越野靴。当她把刘海掖进灰色棒球帽里的时候，不用照镜子，她也知道她看上去几乎像男人，一个都市大街上常见的被生活的担子压得略显佝偻的瘦小男人。混在那群拖着大大小小的行李站在香榭丽舍大街等车的游客中间，沁园突然感觉到了多日未曾感觉的安全。

　　墨镜把一个晴朗好日揉搓成了一张皱纹纸，鲜艳的朝阳看上去像是一枚腌过了时的干瘪鸭蛋黄。凯旋门灰暗瘦矮，从门里涌流出来的车辆如虫蚁在急雨之前仓惶

逃窜。路易·维登大楼见过了太多的钱和太多的脸，蒙
裹了太多的风尘，突然就老了，疲惫不堪地靠在路边。
哈根达斯冰淇淋老店失却了夜晚灯彩的遮蔽，像一个迟
暮却胆敢素颜的妇人，残忍地显露着白昼的褶皱和寿
斑。这就是色彩和基调都遭遇了恶意颠覆的香榭丽舍。
不过，沁园并不痛心。巴黎的华丽从来没有进入过她的
梦。她的梦另有一个粗粝的背景。

　　出发地点在巴黎，游客却来自世界各地，在香榭丽
舍大街的那家华人旅行社门口汇合。沁园把自己的那只
小行李箱竖靠在路边的一棵树干上，背靠着树坐在箱子
上，东一句西一句地听着人群在嘈杂地聊天。那几个不
停地抱怨着天气的人，一定是法国当地人。冷？被塞纳
河的暖风熏糊涂了的人，怎么知道九月落雪的地方，人
是怎么生活的？沁园忍不住冷冷一笑。

　　人群里有一个红衫女子，衣着发式和行李都很招
摇。"只留半天在巴黎，够谁使啊？老佛爷？谁去那里

买东西？都是中国货。"女人的嗓音沙沙地摩擦着沁园的耳膜，留下一道一道的划痕。她知道女人一定是从国内来的。女人那个手提包里，一定藏着几张憋得几乎窒息的金卡，在急切地等候着一个越狱投奔自由的时机。

还有那几个面红耳赤地讨论着法国大革命和罗伯斯庇尔政权的男女，一定是北美的傻学究。北美的游客，总愿意以这样的方式，来恶补着对欧洲的无知和敬意。

当然，也有和她一样一言不发的人。有一个头发灰白的老女人，正靠在另一棵树上，独自吃着早餐。女人的早餐其实就是一片没涂果酱也没涂牛油的面包，甚至没有水。干涩的面包屑在女人的喉咙里艰难地行走着，女人的面颊上生出凹凹凸凸的筋络。女人穿的是一件样式极为老式的灰布外套，女人唯一的行囊是一个比军用书包大不了多少的软皮肩包。没有人跟这个女人说话，女人也没想和任何人说话。沁园把人群草草扫描了一遍——没有这个年龄段的人。看来这个女人和她一样，这一程是注定要独来独往的。

　　旅行日程已经发在她的电子邮箱里了，但她只看了一眼就丢开了。"九日八夜东欧浪漫之旅。"这是天底下所有旅行社都爱起的艳俗名字。"海德堡，玛丽亚温泉城，布拉格，布拉迪斯拉发，布达佩斯，维也纳，萨尔斯堡，因斯布鲁克，斯特拉斯堡……历史悠久，闻名于世，美丽，幽雅，心驰神往……"所有的地名和形容词对她来说都毫无意义。东欧和西非此刻并无差别，她只是急切地需要离开。她的心非走不可，腿去哪里，怎么去，心一点也不在乎。

　　"呜"的一声，手机在她的裤兜里抖了一抖——是一条短信息。沁园犹豫了一下，还是掏出来，斜了一眼。"吴老师，我是《新江都市报》的记者元辉……"沁园狠狠一捏，像捏一条虫子一样地把那条信息删除了。她知道，她此刻的留言箱已经被许多条留言塞满了。那些无法得到她回应的人，正在改用短信息的方式联系她。沁园把手机捏在掌心，飞快地发了一条信息。信息只有三个字："到了，安。"收信人的号码，是记忆储存里的第二号。第一号是911。沁园发完信息，就把手机的电源关了，塞进了旅行箱的背兜里。

好了，我终于可以，无牵无挂地，上路了。

沁园想。

"辛迪·吴，十一排A座。"

导游大声喊叫。

沁园怔了一怔，才明白过来是在叫她——这是她护照上的名字。这个名字在她的护照上已经待了八九年了，可是她总觉得那是别人的名字，有着隔山隔水的疏陌。

导游是个四十多岁的男人，身穿一件蓝色鸡心领的毛衣，头发被头油或摩丝修理成一片狂野的丛林，微笑和世界上所有的导游一样职业而老到，让人免不了要想起小费回扣这一类可以一下子把情绪杀戮得千疮百孔的字眼。

"车上的游客太多，我无法一一记住你们的名字，你们的座位号就是你们的代号，一路上我就用这个代号分派旅馆房间。"导游宣布。

沁园点了点头。

十一A。

她不再是吴沁园，或者辛迪·吴。十一A是一座壁垒森严的城堡，尘世被圈在了围墙的外边。尘世即便是一头八爪章鱼，它的爪子也伸不过那样的高墙那样的铁门。尘世总有它够不着的角落。

她要的，就是这样的角落。

十一B的座位上已经有人了，是那个衣着张扬的红衫女子。确切地说，红衫女子并没有坐在十一B上。红衫女子也没有坐在十一A上。红衫女子坐在了十一A和十一B中间的那块模糊地带上，衣裙的下摆，在A和

B中间燃开一团炽热的火焰。

"往里坐一坐，请你。"沁园说。这是沁园这个早晨第一回开口说话。

红衫女子抬头看了一眼沁园，眼神里开放出一朵不备时被人踩了一脚似的硕大惊讶。红衫女子的话是隔了一会儿才说出来的——却不是对沁园说的。

"导游，我跟你说过的，我是不跟人拼座拼房的。"

红衫女子梳了一个高高的发髻，两只硕大的白金钻石耳环随着说话的节奏一颤一颤，脸上的妆粉很浓，仿佛是在赶赴一场空前绝后的盛宴。红衫女子言辞激烈的时候，空中便扬起轻轻薄薄的一股香尘。

导游跑过来，一脸永不凋谢的微笑。

"本来是不用和别人拼的，可是你的……"

"那又怎样？你们不是不退钱吗？"

"按理说临时取消是没法退钱的，可是这位小姐临时入团，正好补了你的缺。"导游指了指沁园。"那份

钱旅行社一定会退还给你的，不过要等到你回巴黎的
时候。"

红衫女子顿了一顿，显然在找词。

"退不退不过是你这么一说罢了，我还敢真信啊？
反正我还没拿到钱。没拿到钱你就不能给我拼座。"

导游的微笑还在，不过已经渐渐开始稀薄，隐隐露
出了底下的毛孔。

"大姐你帮个忙，一车的人都等着呢。"

红衫女子的脸沉了下来。见过大世面的导游竟然
栽在了一个低级小错误上：导游在用过"小姐"这个词
后，换用了"大姐"。无论是被称为"小姐"和"大姐"
的，心里都搁着一块堵。

"你这个导游真够奸猾的，一车的人等的是你，别
把这好事揽给我。"

导游的脸皮像一块腌过了几季的糙猪皮，红衫女子
的话像一枚针。再厚实的皮也抵不过哪怕是一枚钝针。

导游的脸皮给扎透了。导游想发作，导游却知道他不能发作。导游的微笑开败了，从灿烂的讨好变成萎靡的乞求。

"大姐，这是巴黎，一过点就堵车。要是现在出不了城，弄不好要耽误一天的行程呢。"

红衫女子端坐不动，冷冷一笑："耽误一天行程，你还想不想吃这碗饭了？"

导游的脸僵了，空气凝成了一块脆薄的玻璃，导游和红衫女子两人手里各牵着一个角，略一松手，就是一车的粉碎。

前排的人开始骚动起来，嚷嚷着"都过点半个钟头了，到底还走不走？"

"算了，后面不是还有空座吗？"沁园拿起自己随身带的水瓶，对导游说。

十一排已经很靠后了，后面还有一排。最后的那一排，座位比前面挤。十二B还空着。

十一Ａ到十二Ｂ，不过是从一个城堡换到另一个城堡，只要围墙在，沁园不在乎。

导游手里的玻璃终于轻轻地稳妥地放到了地上，没碎。导游松了一口气，朝沁园扔去感激的一瞥。沁园低了头没接。沁园的城墙固若金汤，沁园不想留下任何一条裂缝，好让人把情绪挤进来。

十二Ａ上坐的是那个在路边啃面包的老女人。老太太膝盖上放着那只肩包，两个人加上一只包，位置更挤了。

"阿姨，要不，我把您的包放到架子上？"导游说。

导游知道自己今天失态了。导游在这条线上已经走了八千九百个来回，导游熟知沿途每一个肯白送他一杯咖啡的加油站，每一个不用投币就能开门的厕所，和每一个给几分小回扣的购物点。导游知道路，导游更知道人。每一趟行程，总有那么一两件事一两个人，会把他搁置在发火和忍耐中间的那个煎熬地带里。只是，这一趟煎熬来得太早，还没容他把那块小小的亲善立脚之地垒建起来。他有些后悔。他原本可以把十个百个红衫女子不动声色天衣无缝地摆平的，他有这个本事。可是今天，他怎么啦？

老太太没有说话。老太太只是把那个肩包更紧地搂在了怀里，仿佛它比她更怕冷。

"前面的年轻人，有没有人愿意换到后面来，让这位老人家坐得舒适一些？"导游问。

没人接应。

前面都是成双入对的，没有人愿意拆单。

导游看了一眼老太太，那眼光似乎在说："我试过了，你都看见的，对不？"

老太太也没接导游的目光，老太太把脸偏转向了窗外。导游很快就把自己无着无落的目光捡拾了回来，跑到车前拿起麦克风的时候，导游的微笑已经毫发无损地重新灿烂起来。

"大家好，我叫袁成国，袁世凯的袁，成心使坏的成，卖国贼的国，你们就叫我袁导，哪个dao都行……"

车里开始发出细细的笑声。

"这位是我们的司机，法国人，叫皮尔·卡丹。"

"别笑，他真叫皮尔·卡丹，是那个皮尔·卡丹的乡下穷亲戚。"

"从这一刻开始，你们的身家性命情绪安全，就交给我和皮尔·卡丹大叔了。咱们还是来一个岗位责任分工制，好不好？'东欧浪漫之旅'，我负责东欧，你们负责浪漫。不是我不想负责浪漫，主要是这个浪漫，我一人说了不算，是不是？"

导游进入了状态。

太阳升高了，墨镜里的巴黎开始从灰涩变得明亮。当塞纳河的鳞波开始一程一程地朝后退去，都市的轮廓在巴士后视镜里萎缩成一个边角模糊的斑点时，睡意如浓云渐渐浮上，终于把沁园从头到尾地裹住了。

　　一路都在昏睡。

　　第一天是这样，几乎完全错过了海德堡。

　　第二天还是这样。最终醒来的时候，沁园发现太阳已经有了倦意，麦克风正在嗡嗡地报告着即将抵达玛利亚温泉城的信息。

　　邻座的老女人看了她一眼，叹了一口气："年青真好，能睡啊。导游喊你吃中午饭，你都不肯下来。"

　　沁园吃了一惊：她竟然完全不记得有这个插曲。这一觉仿佛是一条绵长的纺得结结实实的线，开头和结尾之间找不见一个断头一个疙瘩。只觉得下颌有点湿，拿手一抹，是口水。她一定又是张大了嘴——老刘说她醒着看起来还有几分机灵，睡着了完全是一脸蠢相。好久没有这样蠢睡过了。这些日子她的觉很浅，如同一张稀薄的绵纸，一丝风，一滴雨，一个最不经意的念想，随时就能把它戳得千疮百孔。

是从什么时候开始，她的睡意浅成了这样呢？

好像就是她从温哥华采访完冬奥会回来报社上班的那天。

她在卡尔加里的一家华文报纸做记者。记者只是名片上的一个头衔，更准确的职位界定其实叫打杂。她不只写稿，她也做编辑。她也管美编和排版。有时她还得赤膊上阵四下找客户拉广告。报社里只有三名员工：老板，她，和一个叫薛东北的东北小伙子。老板管钱包，她管版面，小薛管工商广告。当然，这只是大体上的分工。这么一家袖珍小报，真正的分工线是模糊不清的，甚至像某些国家的边界线一样随时在变更。她在国内也做记者，不过那是一份发行量超过三十万份的都市大报。而现在的这份报纸，虽然有个惊天动地的名字《加拿大国际华人先驱报》，发行量却不到五千份。在那家发行三十多万份的大报社供职，她只用花费半个脑袋瓜子就够了，另外半个用来吃喝玩乐，勾搭老刘。后来终于把老刘勾搭成了丈夫，她就跟老刘出了国。到了加拿大，她给这份发行五千份的小报打工，累得每天回家再也不想多说一句话，一个月的薪水却只够给老刘的那辆四轮驱动吉普车注油和买保险。

但这都不算是最累心的事。最累心的事发生在下班以后。

上班的时候，她是记者。下班以后，她是个作家。十年里她写了五本小说。儿子欢欢已经上九年级了，功课运动课余生活，基本都是老刘管。她写书的时间，是从欢欢和老刘身上一点一点地掰下来的。当然，更多的，是从她自己身上掰下来的。十年里她把健身美容买衣服煲电话粥的嗜好都戒了，十年里她把自己打造成一个毫无耐性不肯为任何事情耗费一分一秒时间的暴躁女人。她把她的业余时间一分一秒面包屑似的掰下来，积少成多地裹成了团，就有了那五本书。十年里，她把老刘欢欢和她自己都掰得只剩了白光光的骨头，可是，她写的书却无人理会，连老刘都不看。

老刘实在看不过她睡眠不足神情恍惚的样子，也曾劝过她。老刘劝她，是劝她把工作辞了。老刘在一家大金融公司做精算师，老刘的收入是沁园的五倍。可是沁园却迟迟不肯放弃报社的那份工作。那份工作说起来也不是什么让她割舍不下的美差。老板很抠门，小薛也很抠门，抠的却不是同一扇门。老板把每一个毫子的开支，都要放在脑子里秤过几个来回。而小薛整天和老板扯的，是广告提成的百分比，还有每一张请客吃饭汽车公里数的报销单，精确到小数点之后的两位数。而她，却成了老板和小薛常年的拔河赛里那条系在绳子中间的手绢，一会儿被老板拉过去，一会儿被小薛扯回来，满耳满头都是彼此的抱怨。沁园下班回家，总觉得一个脑袋瓜子里塞满了别人的情绪垃圾，儿子和老刘轻轻一碰，就能碰撒出一地鸡毛来。可是她却没有一寸地盘，可以放置自己的垃圾。

然而她还是不愿放弃她那份实在说不出有多少好处的工作。她爱拿英国作家弗吉尼亚·伍尔夫说事。她说伍尔夫讲过一句很有名的话：一个女人要写书，起码得要有一年五百英镑的收入，和一个自己的房间。老刘听了不吭气，半晌，才说："一个女人，非要写书吗？"

这句话倒把沁园问得怔住了。

是啊，她为什么非得写书不成呢？这世上缺她一本书吗？这世界就是一条大浑河，她的书不过那浑水上漂的一片烂菜叶，一根馊鱼骨，打个漂漂就不见了，连屁大的一个声响也听不着。那水，有没有烂菜叶馊鱼骨，都还会一步不停严丝合缝地朝前赶路的。

是为名吗？有那么一点点。那为名的念想是她肚皮里的一条小虫子，时不时地醒过来咬她一小口，说不上疼，甚至也说不上痒，连个芝麻点大的疤痕也没留下，就过去了。

可她心里有一股火啊。那火得有一个去处，要不会把她的身子，她的心烧穿一个大洞。那火岂止烧她，那火还要把她的家也烧穿一个大洞。她只有把那火一个字一个字的放出来，她才有救。她有救了，老刘和欢欢才有救。

沁园忽然就想明白了，那火咬着她的脚跟追她，她是为了逃命才写那些字的。她怨不得天也怨不得地，更怨不得人。她只有认命。

就在她开始写第六本书的时候，老天爷跟她开了个玩笑。这个玩笑开大了，把她一下子砸懵了。不仅把她砸懵了，也把她周遭的人砸懵了。

一个在好莱坞和香港内地来回行走的大导演，在一个酒足饭饱的无聊时刻里，偶然翻到了一本文学期刊。那本期刊里有一部讲述南美甘蔗园历史的小说，而导演的一位叔公，就是在那片甘蔗林过了一辈子的老华侨。导演本人，当时正陷在一部电影和另一部电影之间的拍摄空档里。上帝的手指轻轻一拨，电闪雷鸣间，导演被灵感击中，决定把这部小说搬上银幕——当然是国际大银幕。

这部电影，在两年之后，成为一个超级票房神话，并得了几个国际大奖。

而沁园，正是这部小说的作者。

于是，沁园一夜之间突然就不再是烂菜叶和馊鱼骨了。于是，沁园的名字，开始成为写书码字的人饭桌酒席上的话题。于是，沁园行在路上的时候，脑门上有了光。

沁园小时候在乡下外婆家里过暑假的时候，见过乡里夜市点煤气灯的情景。灯不亮的时候，兴许也有虫子，可是虫子潜伏在角落里是看不见的。灯一亮，虫子突然从草丛里树枝间田埂上，从一切角落里扑了上来。蠓虫，黑蛾，白蚁，还有许多她说不上名字的野虫，云雾一样地围着煤气灯转，嘤嘤嗡嗡，翅膀和翅膀交叠着，叫声和叫声交叠着，把灯光咬成一团一团的碎渣。

她问外婆为什么虫子爱追着光？外婆说虫子哪是追光，虫子是咬光呢。虫子一年四季活在黑咕隆咚的角落里，虫子也想要光呢。虫子见了光，就想咬一块下来存在肚子里，虫子自己也就有了光。

八岁的沁园听了，不知怎的，竟有些凄惶，心想虫子可怜，光也可怜。她不想做虫子，也不想做光。

一直到她被虫子咬上了，她才知道，原来不知不觉的，她已经成了那盏夜市里的煤气灯。

沁园清清楚楚地记得，她发现自己被虫子咬上的那一天。

参加温哥华冬奥会的加拿大滑冰选手里，有一位是出生在卡尔加里城的，很有希望在几个短跑道速滑项目上夺冠。沁园的老板年轻时也是一位得过名次的速滑运动员，所以对这条新闻情有独钟，竟肯花钱让沁园专程飞去温哥华采访那位本地籍的运动员。后来那人果真在冬奥会上得了一枚银牌，一枚铜牌。

沁园带着一肚子新闻从温哥华回来，出了机场没回家就直接去了报社。报纸是周刊，第二天发报，她想把采访文章赶在当期发出来。

走进办公室，老板和小薛都在，她发觉气氛有些怪异。她急切地向老板汇报着温哥华的所见所闻，老板却似乎有些心不在焉。老板在回避她的目光。老板的目光如儿时她在弄堂里见过的弹棉花匠手里的那张弓，一弯一拱地绕着她的身子弹动，却始终没有压在她的目光上。她坐下来，把照相机里的照片下载到电脑里。她听见老板和小薛的目光绕过了她，在她背后一来一往地询问试探碰撞着。

后来，老板去茶水间，沏了一杯热茶端过来给她。她有些吃惊——她在报社工作了七年，老板从来没有给下属倒过一杯水。

"这几天，老刘，给你，打过电话吗？"老板问。

老板的语气很温软，仿佛轻轻一捅就要流出水来。老板是个离过婚的女人，几十年水深火热单枪匹马打天下，老板学会了只用一种语气说话，那就是强悍。突然听见老板换了种声气说话，沁园起了一身的鸡皮疙瘩，忍不住笑出了声：

"怎么啦？该不是我们家老刘有了外遇，你们都瞒着我？"

老板和小薛互看了一眼，却没有说话。

沉默。

长久的沉默。

沁园第一次知道，沉默原来也有声响。世上所有的声响都有破绽，沉默没有。沉默从所有声响的破绽里钻出来，凌驾于所有声响之上。沉默让世上所有的声响听起来不再像声响。沉默震得沁园的心开始散乱。

"老，老刘，到底，怎么啦？"沁园问。沁园的声气里，已经有了明显的裂缝。

老板叹了一口气，在她对面坐了下来。

"你到底招惹谁了，沁园？"老板问。

"玛丽亚温泉城原来只是一个不为人知的捷克小村落。许多年前一群伤残的士兵偶然来到这里，在泉水里洗过了脚，竟意想不到的痊愈了，就扔了拐杖四下奔跑，高喊圣母玛利亚的名字，从此这里就成了世界闻名的温泉旅游城。"

袁导说。

没有几个人在认真听。车厢里有人在分享带颜色的手机段子，惹起一波波深深浅浅的笑骂声。有人在侧着身子和对过的旅客胡乱聊天，有人在哔哔啵啵地嗑瓜子吃零食，也有人脱了鞋子在晾脚丫子，声响和气味都很嘈杂。众人上了车才意识到，旅行不过是一次有组织有计划的逃离——从一种嘈杂，逃奔到另一种嘈杂。而导游的讲解，不过是花了钱来忽略的诸多嘈杂中的一种。

"玛丽亚不过是个凡人女子，能治病的不是她，而是她儿子耶稣。"邻座的老女人突然说。老女人的声音轻得几乎像耳语，老女人的话是说给她自己听的。

可是沁园听见了。

沁园听见了，却没听明白。作为记者的那个沁园很想发问。作为作家的那个沁园也很想发问。可是这一刻的沁园不是记者也不是作家。这一刻的沁园是个病人。好奇心治不了她的病，所以她不想问。

"愿意下温泉洗澡的，现在来报名。"

小郭拿了个本子跑到车后排来登记门票数额。小郭是索邦大学的留学生，学城市规划的，女朋友刚刚从国内来探亲，他就请了几天假带女朋友去东欧玩。一车的人里边，数小郭年龄最小，所以就被袁导抓过来帮忙。

"慢着，有句话先问明白了，再下车不迟。"

坐在沁园前排的那个红衫女子倏地站起来，大声说。

"袁导，你给大家解释解释，这车上的座位是怎么分配的？"

袁导被这个问题砸过很多次，袁导知道怎么躲闪。袁导的回答胸有成竹，天衣无缝："大姐，其实很简单，就是根据报名前后顺序定的。最先报名的，就坐前面。报名晚的，座位就排后边些。"

红衫女子冷冷一笑，说："到底谁先来谁后到的，也无对证，就听你一个人说了算。"

"大姐，你要是不信，等你回到巴黎，旅行社里有报名记录，我拿来给你过目。"

袁导失态过一次，袁导决计不在同一道坎上摔第二个跟头。所以袁导说这话的时候，带了一脸钢盔铁甲刀枪不入的微笑。

"先来的也没比后到的多花钱。都花了一样的钱出来旅游，凭什么有人一路坐前边看好景致，有人一路坐后头受颠簸？"

红衫女子说"前边"的时候，拿手画了一个圆圈，把所有坐在她前面的人都归在了圈子里。圈子不大，人却很多。被圈在里头的人，开始隐隐感觉到拥挤的不适。

"那你说，怎么解决这个问题呢？"袁导两手抱了臂，歪着头看红衫女子，依旧一脸是笑。

"那好办，半天换一次座，前排后排对换。"

"架上的东西一天搬两次，累不累啊？"前排有人嚷道。

"你要是坐后头，你就不嫌累了。"红衫女子嚷了回去。

大家便都不吱声，看袁导。

"好吧，一个行程九天坐车，咱们就在四天半的时候换座。四天半正好在布达佩斯城里，咱们就在布达和佩斯的分界线上，正中午十二点换座。"

车上的人轰的一声笑了起来，除了那个红衫女子。

28

木芙蓉写真 / 2015年 / 97cm×180cm

徽州人家 / 2015年 / 120cm×200cm

"大姐，您看成不？"袁导把"你"换成了"您"。

又有人笑——那是听懂了的人。

小郭的登记本里，只有四个人名：小郭自己和他的小女朋友，再加上另外一对美国来的夫妻。十几欧元一张门票，众人都嫌贵。小郭也嫌贵，只是小郭这会儿正处在跟女友显摆的阶段上，小郭这个面子是非要撑下去不可的。

剩下的人，就都排着长队喝不同泉眼里舀出来的矿泉水。水不收钱，杯子要钱。纸杯子两欧元一个，瓷杯子八九十几个欧元不等。众人大骂黑心。有舍不得花钱却又想尝稀罕的人，就数人合买一个纸杯子，一个人喝过了，拿纸巾擦过杯沿，再传给另一个人。

老女人没买纸杯，也没买瓷杯。老女人压根没想尝水。

老女人绕过长长的队伍，独自找了张石凳坐了下来。石凳在一棵大树底下。树是一棵沁园没见过的树，

枝和叶的形状都是陌生的。叶子已经稀落了，枝干却依
旧强劲有力，低低的把石凳遮挡了一个角。其实下车的
时候，沁园一眼就看见了这张石凳，只是让这个老女人
抢先了一步。这张凳子很窄，可是只要老女人抬一抬屁
股，还是有一小块位置可以容得下沁园的。沁园一整天
都是和这个老女人坐同一排车椅，一下车沁园就再也不
能忍受另一具躯体另一腔呼吸的逼近。于是沁园就挑了
一个没有石凳也没有人群的角落，靠着另一棵陌生的树
站了下来。

　　老女人取下那个不离身的肩包，从里面掏出另外一
片干面包，啃咬起来——依旧嚼咽得干涩困难。不知道
那是她耽延了很久的午餐还是提早到来的晚餐。老女人
的目光不在面包，不在人群，也不在泉眼上，老女人只
是默默地看着远方。远处是山——说不出名字的欧洲的
山。低矮，绵长，把天空剪割得支离破碎。山峦和山峦
交叠的地方，是大片大片的深黛。山巅上有一抹橙红，

浓艳得如同一罐打翻了的番茄酱。捷克的夕阳颜色厚腻得让人感觉呼吸艰难，却红得坚硬冰凉。秋风咬过老女人消瘦如刀的脊背，咬得一地碎牙。

这是一个，把每一个铜板都掰成两半花的寒酸老人。真不知道，她是怎么样把这一程旅游票凑齐的？

沁园暗想。

"辛迪，怎么不尝一口矿泉水？据说是治百病的神水，灵验得很呢。"袁导走过来，站在沁园身边。沁园的树干，被占了一半。

"你呢，信吗？"沁园问。

袁导掏出一根烟。风很大，点了几回才点着了火。点着了，就递给了沁园。

沁园吃了一惊，却没有把这一惊放在脸上，只是默默地接了过来。烟从喉咙里钻进去，慢慢地爬过五脏六腑，再慢慢地从鼻腔里爬出去。有些热，有些辣，却是妥妥帖帖的热和辣，仿佛它和她的身子，已经经历过了千次百次的磨合，天衣无缝，彼此相安，毫无初次相遇的揣摩和抵抗。

"我要是信了，会在这里吗？"袁导说。

沁园忍不住笑了。

从那件事发生起，家里就不再是原先的样子了。老刘取消了每周六晚上雷打不动的桥牌聚会，待在家里陪沁园看那些对他来说毫无兴趣的电视相亲节目。有时沁园回头一看，老刘已经侧身歪在躺椅上睡着了——侧着身子是为了不打鼾。儿子依旧话很少，但吃完饭后却会帮她把脏碗收拾到水池子里。老刘和小刘看她的眼神是如此的小心翼翼，仿佛她是一件超薄的珍稀明朝瓷器，略微吹重了一口气就要碎裂。

老刘变得很沉默。老刘向来是个浑身每个毛孔都大大地张开着，咕嘟咕嘟地往外冒热气的人。每一个走近老刘的人，禁不住被他的热气蒸熏得也有了暖意。可是现在老刘的毛孔都盖上了盖。老刘是个手极巧的人，老刘修得了世上每一样破损的物件，可是老刘却不知道怎样修补一颗破损了的心。老刘在一个心碎了的女人面前不知所措。

有一天，沁园在饭桌上忍不住对老刘吼了一句："我又不是得了绝症，你们用不着把我当成明天就死的人！"老刘和儿子互看了一眼，却没有说话。后来老刘搁下饭碗，站起来，走到了院子里。沁园看见院里浓郁的金银花架下，有一个火星子在一会儿明一会儿暗地闪动着——是老刘在抽烟。老刘平时极少抽烟。

沁园就是在那个晚上决定要独自出门旅行的。

沁园知道，此刻她的名字，正像一捧过年吃的糖豆一样，被一只匿名的手，热热闹闹地从一家论坛翻炒到另一家论坛。攻击她的帖子，正如癌细胞一样地在互联网上以惊人的速度爆裂繁衍。世界正绕着她刮起一股黑旋风，而她却是风暴中的那个风眼，与世隔绝地行走在风暴正中心的那个真空地带。多少年来头一回,她没有带电脑上路。她甚至没有带照相机——她是在出发的最后一刻,从旅行箱里取出了照相机的。

这一次,她决计要做一个毫无准备毫无期许置身于风暴之外的孤独行者。

在布拉格住下的时候,已经夜了。旅馆的房间依旧是欧洲特有的那种拥挤窄小,几乎没有放置行李的空间,但却有一扇罕见的大窗,几乎覆盖了一整面墙。

沁园把自己的行李箱竖着塞到了靠里的那张床边上。她和那个老女人搭房,老女人喜欢靠窗的位置。现在沁园知道了老女人姓徐,是一位退休的大学教授,从北京来巴黎探望女儿一家的。沁园记得那日在香榭丽舍大街等候旅游巴士的时候,老女人是自己一个人坐地铁来的,女儿并没有来送她。关于女儿,老女人没有多说,沁园也没有多问。沁园觉得自己和老女人都是一只蚌,只把壳张开一条够透一口气的细缝,怕张大了要钻进砂石，结了珠子。她和她的心里，都没有装珠子的空隙。

老女人把肩上的包卸下来，放到枕边，在床沿上坐下来，开始吃她的面包。今天旅行团里所有的人都跟着袁导在外边的中餐馆吃过了自助晚餐，只有这个老女人坚持回来吃。沁园想这个小肩包里到底存了多少片面包，可以供这个女人一口一口地维持这长长的一路？老女人脱了灰外套，薄毛衣底下的那扇脊背，正随着艰难的嚼咽动作而耸动着，嶙峋的肩胛骨把沁园的眼睛割出了血。

沁园烧了一壶热水，泡了一杯从家里带出来的豆浆粉，放到属于老女人那侧的床头柜上。

"徐老师，喝一杯豆浆吧，无糖的。"

那个被叫作徐老师的老女人显然吃了一惊，转过身来，对沁园笑了一笑。徐老师也许已经操练了一辈子笑，可是她笑起来依旧是一副疏于操练的样子，脸上的每一根皱纹都朝着各自的方向挪移着，彼此固执地抗拒着合作，始终没有能够妥协成一种和笑相宜的姿势。

"我膀胱有病，存不得水。"她说，把杯子往沁园那侧推了一推。

沁园没接。那杯冒着氤氲热气的豆浆，就在老少两个女人中间的那块模糊地带里渐渐凉去。

徐老师吃完面包，走到窗前，打开了那扇大窗。拦阻在外的夜风攒足了劲道，凶猛地冲进屋里，几乎把她推了一个趔趄。旅馆在布拉格郊外，寥寥几盏夜灯，遥遥地照出了旧城区古建筑物鬼魅似的尖顶。这一个夜晚无星也无月，只有风。街上几乎没有行人，地铁呼啸而过，与风声混为一体。落叶蜷成愤怒的拳头，与风抵抗着，却终于抵不过风，被风窸窸窣窣地推往更深更远的黑暗。

"你对布拉格，印象如何?"徐老师关上了窗户，问沁园。

沁园一怔。虽然白天在布拉格城区走了整整一天，可是沁园的心并没有在沁园的脚上。沁园的心也不在沁园的眼上。沁园的心甚至没有在沁园的心里。沁园的胸腔里没有心。原先藏着心的地方，仿佛被一只老茧丛生指甲尖利的手掏过，掏得很猛很急，掏出了一个边缘毛糙的大洞。沁园带着没有心的身体行走在布拉格的大街上，什么都看见了，却又什么也没看着。没有心的眼睛是缝隙巨大的竹篮，存住的，只是渣滓。没有心的眼睛，只记住了布拉格的灰涩和幽暗。查理大桥的每一座石雕，旧城区古堡的每一面墙，街头艺人肩上的每一把提琴，马车夫手里的每一根马鞭，似乎都蒙了一层厚厚的污垢——那是时间的河流冲刷过后留下的苔痕。连桥下的水，也流淌着浓腻乌涩的锈。那层锈垢之下，也许曾有过非凡的辉煌，可是没有了心的眼睛也没有了好奇，沁园不再想用记者和作家的犀利，来刮除锈垢，探讨底下高深莫测的究竟。

"这是我见过的，最灰暗的一座城市，最灰暗的一片天空。"沁园说。

徐老师没有回话，但沁园知道她有话，她的话正在她的肚子里翻腾作响。半晌，她才叹了一口气，说：

"那是因为，你没有见过多少城市，多少夜晚。"

沁园听出了她话语里的毛刺。这个老女人身上的毛孔打开了，正往外幽幽地散发着一股阴晦之气。沁园感觉一阵寒意如一条滑腻的蛇，正从她的脚心开始渐渐爬上她的脊梁。她被这股寒意逼得一步一步地退到了墙角，再无路可退。她扭开门，嗫嚅地说了句："我去服务台拿个杯子"，便落荒而逃。

逃到楼下，沁园才觉出了胸闷。

窒息。对，就是窒息。这个姓徐的老女人让她感觉窒息。她的削瘦是一种气场，她的寒酸也是。她的沉默，她的言辞，全部都是。她的气场无所不在，逼得沁园无处逃遁。沁园急切地需要一口没有被墙壁圈围过的空气，哪怕是灰涩的，涂满了时间锈迹的空气。

她跑到了旅馆门外，捂着胸口，抬头望天。

老天爷，请给我一颗布拉格的星星。一颗就行。沁园暗暗地祈求。

可是，云浓郁得没有一丝裂缝，没有，一颗星星也没有。

旅店门口的柱子上，斜靠着一个抽烟的人。那人看见沁园，嘿了一声——是袁导。

这一次不等袁导开口，沁园就摊开手来索取香烟。

第二根烟抽起来没有第一根顺畅。第一根的无知已经过去，第三根的熟稔尚未来临。第二根烟尴尴尬尬跟跟跄跄地行走在沁园的肺腑之间，搅得她呵呵地咳嗽了起来。

"这就是，你给我看的，布拉格之夜？"沁园问。

"不是。我想给你看的布拉格之夜，是不能在麦克风跟前讲述的。"袁导说。

"可是现在，没有麦克风。"

夜晚的凉意随着呼吸，化成一阵白雾，弥漫在两人中间。失却了麦克风支撑的男人，话语里突然有了一丝与他的年岁相属的低沉和迟缓。

"辛迪，我心目中的布拉格之夜，只有一个，那是在一九六八年的秋天。"袁导终于开口。

"那晚全城都睡了，睡得很深。可是全城突然又都在同一时间醒了过来——是被雷声震醒的。那雷声很奇怪，是仿佛憋了十年百年的那种闷雷，从天边生出，一路滚到人的脚心，震得每一座楼房的窗棂格，都瑟瑟地颤抖。人们披着睡衣，打开窗帘，屋外没有下雨，却很亮，亮得耀眼，亮得人几乎瞎了眼。过了一阵子，人们习惯了那样的亮光，才发现他们熟悉的街道消失了。街已经被一群笨重的，鬼魅一样的黑色怪物覆盖住了。那些怪物，像硕大无比的乌龟，一头接一头，紧紧相连，看不见首，也看不见尾，一寸一寸的，爬满了布拉格的胸脯。当然，当时他们还不知道，这是坦克，苏联军队的坦克。"

沁园嗤的一声笑了："你看了太多的，米兰·昆德拉小说。"

"这不是昆德拉的脚本。昆德拉的脚本里，没有一个音乐家，只有我的脚本里才有。"袁导说。

"在苏军坦克耀眼的白光里，出现了一位穿着睡袍的小提琴家。睡袍显然是匆匆地披上去的，腰带还没来得及系紧，前襟散乱着，露出胸脯上一团深棕色的毛。他迎着坦克的光亮走过去，他被那亮光刺得睁不开眼睛。他的一侧脸贴在小提琴面板上，他缓慢地行走在已经不再是街道的街道上，闭着眼睛，轻轻地舞动着他手里的琴弓，手指如玉兰花在琴弦上盛开怒放。轰隆的坦克声掩盖了一切别的声响，他听不见他的旋律。不过他既不需要他的眼睛也不需要他的耳朵，他早已把每一个音符每一个节拍记得跟心跳一样的自然。这时他已经成了街上唯一的一个行人，一个不需要瞄得很准就可以瞬间被一颗子弹击倒在地的人。可是，没有人朝他开枪。一辆又一辆的坦克绕了一个小小的弯，从他身边开过。后来，有一个士兵，脱下军帽，朝他点头示意。当然，他看不见——他一直闭着眼睛。

"这是，布拉格历史上，最光亮的，也是最黑暗的，一个夜晚。"

沁园看见袁导的眼睛，在灰涩的夜色里闪闪发光。

突然，沁园的心回到了沁园的眼睛。老天已经答应了她的祈求，因为她看见了布拉格的星星——就在袁导的眼睛里。

突然，沁园的心也回到了沁园的脚上，因为她感觉到了，她深纹靴底之下，大地微弱的颤簌。那是一九六八年那个秋天的夜晚，坦克碾过之后的呻吟，年复一年，一直持续到今天。

"你，有点不像，导游。"

沁园对袁导说。

巴士在开往布达佩斯的路途中遭遇了一次大堵车。在距离布达佩斯市区二十公里处，两辆货运卡车相撞，使得原本就狭窄的路面变得更加拥挤不堪。巴士的行进速度渐渐退化为蠕爬。

十一排上的红衫女子站起来，大声问导游："袁导，几点钟了？"

红衫女子每天换一套衣服，套套是红衫，只是样式面料有所不同而已。

导游指了指车上的时间温度显示器，说："十二点二十八分。"

"还有多久到布达佩斯？"

"若这条路是我爹的，咱们半个小时前就该到了。可惜这条路我说了不算。照这样堵下去，一个小时，两个小时，半天，都有可能。"袁导说。

"我问的是什么意思，袁导你应该很清楚。"

"大姐，我答应您的事，我是一刻也没敢忘。只是车晚点了，您多担待点，一到布达佩斯，我保证就是尿急湿了裤子也先给您换座位，行不？"

众人哄哄地笑了起来。红衫女子没笑。红衫女子的脸紧了。

"照你的话说，晚上都有可能到不了布达佩斯。那我还得在这个位置上颠簸半天？"

"大姐，那您说怎么办？您要是能讲解，我就把我的位置跟您换了。您看行不？"

众人又哄哄地笑。红衫女子的脸越发地紧了起来。

"你这是怎么说话的？你是导游，答应了的事不兑现，还想不想要小费了？这又不是我一个人的事，你问问后边的人，是不是都是这个意思？"

红衫女子伸手朝她周边划了一个圆圈，被她圈进去的人都低下了头，没人接她的目光。红衫女子的手就无着无落地悬在了半空。

"车走动的时候旅客不能站起来行走，这是旅行社的安全规则。这个时候让大家换座位，就是我答应您，皮尔·卡丹大叔也不能——我们回去就没饭吃，光吃鱿鱼了。您好歹可怜可怜我们拖家带口的人。"

"别贫了，你。我可怜你，谁可怜我？你永远坐前排，这坐后排的滋味，敢情你一次也没尝过。反正是堵车，为什么不能从下个出口下来，换了座位再走？"

袁导就俯过身去和司机商量，两人嘀嘀咕咕地讲了半天法语。众人虽然听不懂，却也看出了司机面红耳赤的生气样子。袁导就对众人说："皮尔·卡丹大叔说了，现在下高速公路有两种可能性：一种是回来时路通了，咱们刚好躲过了路阻。还有一种可能性就是：路还是堵，咱们插不回去队了，那耽搁到什么时候，就更说不准了。大家看怎么办？"

众人纷纷就说不能停，已经耽搁这么久了，再耽搁下去，就错过整半天的行程了。

红衫女子冷笑了一声，说："敢情你们都串通好了看我一个人的笑话。我告诉你吧，我还真得下车。我尿急，你不让我下去我就尿在座位上了，信不信由你。"

旅途开始时袁导就说过，让大家不要使用车上的厕所，怕路程长了车里气味难熬。

袁导被逼到了墙角，拿手拍了几下前额，弯下身来对一排 A 座上的小郭说："兄弟你帮大哥一个忙，麻烦你两个过去和这位大姐换个座。大哥到了布达佩斯请你吃匈牙利牛肉汤。"

小郭看了看女朋友，面有难色："我没事，她晕车，吐过好几回了。"

袁导扯了一把面巾纸，递给女孩："乖乖的听大人话，自己坐一会儿，放你男朋友一马。你在救一车人的命呢，知道不？"

女孩忍不住笑了，却笑得有几分勉强——袁导知道她是不愿意和那个红衫女子坐在一起。却禁不住袁导锥子似的目光，最后还是捅了捅小郭，示意他走。

小郭站起来，和红衫女子换了座位。红衫女子从十一排走到一排，走过了整整十排座位，一路上只觉得前心后背贴满了眼睛，凉的和热的都有，很是刺痒，却挠不得。走到前排的时候，她的腰腿就已经走软了。

坐定了，她从包里掏出一盒东西，撕开口，递给小郭的女友："麦饼，捷克的特产，挺好吃的，你尝尝？"

女孩摇了摇头，说我不吃，什么麦饼。女孩说这话的时候，没看麦饼，也没看红衫女子。

红衫女子的微笑，还没完全展开，就僵枯在了嘴角上。

起来，匈牙利人，祖国正在召唤！

是时候了，现在干，还不算太晚！

愿意做自由人呢，还是做奴隶？

你们自己选择吧，就是这个问题！

"一八四八年三月十五日，二十五岁的诗人裴多菲在这里——就是你们的脚站立的地方，朗诵了他的《民族之歌》。当时在他的周围，聚集了一万多人。这一万多人都是年轻人，有很多大学生，但他们并不是为了裴多菲的诗而来的。诗不过是引信，是火把。每一场革命，都需要这样的引信，这样的火把。就在这里，裴多菲用他的诗，把匈牙利点燃了。"

袁导指着裴多菲的全身雕像说。

沁园没想到裴多菲这么消瘦，用今天的标准看来，几乎瘦得有些营养不良。发际很高，高到接近谢顶的嫌疑。眼窝极深，但眼睛比眼窝更深。二十五岁的眼睛里，有远超过二十五岁的忧伤。其实，火并不仅仅存在于诗里。火在还没有变成诗之前，就早已存在他的眼睛里了。

徐老师没有在听。

全团几十号人马中，徐老师一直是为数极少的几个认真听袁导讲解的人之一。她不仅一字不漏地听，她还会时不时地纠正他讲解中的细小错误。她纠正他的时候，声音很轻，显然不是给他听的，甚至也不是给邻座的沁园听的——似乎仅仅只是一种自言自语的习惯。

挑错，这是教书先生的普遍职业病。沁园想。

可是当巴士接近布达佩斯城的时候，徐老师变得明显的心不在焉坐立不安起来。她显然没在听袁导的讲解，她的眼睛在不停地扫视着车窗两边的街道和建筑物，目光像蜻蜓的翅膀不停地扑扇，驻停片刻，又抽搐着离去，满是压抑得很紧的兴奋，和压抑不住的紧张。

"一个多世纪之后的一九五六年十月，另一把火，点燃了另一场革命。这一场革命里没有裴多菲——裴多菲早已经死了。也没有诗。但旅途也是从这里开始的，顺着裴多菲的脚印走出去。这场革命走得很远，很远，可还是没能走到头。五十年前的尘埃到现在才渐渐落定，那场革命如今只留下一个名字，那就是纳吉。"袁导说。

"纳吉，是谁？"小郭的女友一脸茫然地问。

袁导看了一眼沁园，两人会心一笑。袁导知道这个团里有一半以上的人不知道纳吉。纳吉可以是许多东西。纳吉可以是一部复杂的史书，一门深奥莫测的学科；纳吉也可以是一场浩大争论的开始，或者一次煽动性演讲的结尾。可是纳吉无论如何不是一个由许多年轻人组成的旅游团的合宜话题。

"纳吉，嗯，也就是一个，失败的英雄。"袁导沉吟了半晌，终于说。

"许文强。"有人刚刚看过新版的《上海滩》，大嚷了一声。众人哄地笑了起来。

"许文强是英雄，但不算失败。"一个小伙子说。

"没得到冯程程，就是最最彻底的失败。"一个年轻女孩反驳道。

众人又是一阵笑。

徐老师没笑。徐老师没笑，是因为徐老师根本就没在听。徐老师已经渐渐游离了人群。徐老师背对着人群，独自走到了广场中间，脚步惶然，目光也惶然，像是一场目标不定的找寻，更像是一次温柔湿润的抚摸。

这是自从巴黎出发以来最晴朗的一天。天空如同一匹扯得极紧的蓝布，从地的这头，一路蒙到地的那头，找不见一丝皱褶瑕疵。阳光白得让人几乎产生了夏天的错觉。没有风。地上的落叶，是在前一天的风里飘零的。枝头的叶子，正在明天的风到来之前苟且地享受着生命最后的辉煌。有一群鸽子从头顶飞过，翅膀在空中留下了一串凌乱的划痕，鸽哨声嘤嘤嗡嗡不绝于耳。

所有的记忆都不可靠，只有镜头，才能永久地，绝不走样地，把这个下午存留在记忆之中。

沁园第一次后悔没带照相机出来。

徐老师走热了，脱下身上的灰外套，塞进了随身的肩包里，包立刻鼓胀出了一坨肿瘤。撑得几乎要裂开口的肩包，趴在徐老师瘦骨嶙峋的背上，突然就叫她有了几分驼兽般的佝偻。

"我来，帮你背。"沁园走过去，对她说。

徐老师没听见，沁园就扯了一下她的肩包。

徐老师吃了一大惊，仿佛当街遇到了一个劫匪。她一把拽住了沁园，从沁园手中夺回了那半截从她肩上溜滑下来的背包带。

"啊，不，不，我自，自己来。"

沁园感到了隐隐地疼——那是徐老师的指甲在她的手腕上留下的掐痕。

"这里是有名的瓦茨街的街尾。从这里往回走，你们能看见整个东欧最著名的步行街。"袁导说。

"在这里你可以找到来自世界每一个角落的精品，当然，前提是你不在乎价格。我建议某些荷包并不十分饱实的年轻人，最好不要随便领你们的女伴逛这些店铺，因为进门的时候，你们还是亲密爱人，出门的时候，可能就该讨论分手之后的残局了。"袁导斜了一眼小郭，众人又是一阵大笑。

"其实，瓦茨街的繁华，并不是今天才开始的。就是在铁幕统治下的年代里，瓦茨街也是整个东欧的神往之地。它不是西方，却是离西方最近的一面镜子。连苏联的老大哥们，也会在每一个可能的假日里，带着家人来到瓦茨街，呼吸一下略微轻松清新的空气，在镜子里看一眼他们没有可能真正见识的西方世界。"

"不，不都是，这样的……"徐老师嚅嚅地说——依旧是自言自语。沁园看见徐老师的眼睛亮了一亮，她显然听见了袁导的话。

旅行团沿着瓦茨街打散了，开始了一个小时的自由活动。几天的相处，人群已经形成了只可意会的默契组合。这种不成文的松散组合，比任何一种有纲领宪章规范的组合，更为牢不可破。向来独来独往的沁园，这次决定跟徐老师走。作为新闻记者的那个沁园，在沉睡了几天之后突然醒来了，她隐隐看见了一段泛黄往事留下的蛛丝马迹。

"徐老师，我请你喝一杯咖啡——我刚刚换了好些福林币。"

"哦，等等吧。"徐老师没有拒绝，也没有答应，只是匆匆地赶路。徐老师走得很快，脚步在路面擦起一股轻尘，快得连沁园也开始感觉吃力。

"徐老师，你不是第一次，来匈牙利吧？"沁园问。

徐老师怔了一怔。

"你是作家吗？"她偏头看了一眼沁园，问道。

这回轮到沁园吃了一惊。

"你，你怎么知道的？"

"我不知道，我只是猜的——你眼睛很尖。"徐老师说。

沁园的心又落回了胸腔。

阳光开始偏斜，建筑物和树木在地面上投掷下大块大块的阴影。鸽子在光斑里绕着人脚来来回回地行走，眼里充满了可怜的企求。

这个时候，徐老师的背包里，要是有一片多余的面包就好了。沁园想。

"很久以前，来过。"徐老师说。

"十年，还是二十年？"沁园问。

徐老师轻轻地笑了一声。这一声笑非常短促，干涩，没有任何拖泥带水的延伸和牵连，更像是一声没有痰的干咳。

"五十五年，零三个月，零六天，以前。"她说。

五十五年零三个月零六天是个什么概念呢？那就是把她和儿子欢欢的生命铺陈开来，再焊接在一起，才勉强可以抵达的长度。沁园想。

"是旅游吗？"

话一出口，沁园就感到了自己的无知。五十五年前，旅游不是人们生活词典里的一个常用词。不，它甚至不是一个生僻词。其实，那时它压根就不是一个词。

"我和我们学校的，我是指莫斯科大学的，同学，一起来布达佩斯的。不，我们不是来看瓦茨街的西方稀罕的，我们是来参加匈牙利劳动青年大联欢的。那晚，我们在这里看了歌舞剧《海鸥》。"徐老师指了指不远处的佩斯剧院，对沁园说。这是她对她说过的最长的话。

留学生，她是苏联留学生。原来，她是被那个旷世巨人称为"早上八九点钟的太阳"的那群人中的一个。

沁园心中有无数个问题，在前后拥挤着急切地等待着一个出口。可是她知道她不能心急。这个走在她身边的老女人是一管内涵丰硕却口子极细的牙膏，她只能慢慢地一点一点地挤，哪一下过重了，她就有可能把一管牙膏挤爆。

"你学的，是什么专业？"沁园问。

徐老师没有回话。牙膏的口子封住了，她的心已经不在沁园的话上。她的心在脚上——她在急急赶路，朝着佩斯剧院的方向。

日头又偏了几分，阳光把佩斯剧院切成了两半，一半在明里，一半在暗里。明里的那一半招摇地彰显着被岁月层层叠加上去的辉煌细节，而暗里的那一半只余下色彩和构架都已经走形了的模糊和灰涩。

徐老师沿着被阳光分割成的那条线朝剧院走去，最后的几步，几乎接近小跑了。可是，就在离剧院几步路的地方，她却突然慢了下来。

她仰脸看了一眼剧院门上张贴着的那几幅五颜六色的剧目广告，但是她的目光没有在上面驻留。她的目光沿着院墙心不在焉地扫了一圈，脚步就偏离了方向，摇摇晃晃地朝剧院后面走去。

剧院后巷是一个冷僻之处，游客的喧闹流到那里，已经成了一丝孱弱的尾声。剧院的后巷从来没想过招徕游人，剧院的后巷是一个卸下一切妆容的素颜女子。昨日的风把落叶推扫在角落里，每一脚踩上去都是惊心动魄的碎裂声。院墙边上有一排硕大的梧桐树，茂密的树荫遮天蔽日。种树秧子的人当时也许没有估算好成长空间，如今树和树枝丫和枝丫之间是一片无法理清的拥挤和凌乱。

从左数到右是七棵。从右数到左也是七棵。

徐老师仔仔细细地数着那一排梧桐，最后在中间那棵树前停下了步子。她的目光伸出一根一根柔软的舌头，一圈又一圈地舔舐着树身。树被忽略了忽略了很久，也许一年，也许十年，也许从它被下种的那天起。它有些不习惯这种突如其来的亲昵，它在她关注的目光下不知所措地低下了头。渐渐地，她的脸上显出了游移的神情——她开始怀疑越行越远的记忆。

"应该，应该就在这里啊。"她自言自语地说。

突然，她像想起了什么，把头抬得更高一些。一圈，又一圈，她的目光开始了新一轮的巡游。

"啊，在，在那儿！"

徐老师轻轻地叫了一声，举起右手指给沁园看，树枝分叉处用利器雕琢出来的一行字。这行字在刚刚雕琢出来的时候也许是工整的，可是树在成长的过程里厌倦了字的存在，把它们愤怒地撕扯成了凹凸不平歪歪扭扭的一团。如今它们如同一条条饱肥而肮脏的蛆，拥挤无序地匍匐在树的苍皮之上。

"我应该想到，树是会长高的，怪不得我找不到。"徐老师喃喃地说。

沁园仔细地看了几个来回，才隐隐看清了一串加号和几个等号，其余的，一个字也认不得。

"是俄文吗？"

徐老师点了点头。

"卡佳 + 德米特里 = 革命 + 理想 + 爱情 = 永恒。"

徐老师一字一字地念给沁园听。徐老师的声音是克

制的——那是她一辈子养成的习惯。可是无法克制的，
是她的声气。她的声气里有许多条细细的裂缝，每一条
缝里，都渗漏着隐隐的激动。

"卡佳？"沁园疑疑惑惑地问。

"那是我的苏联名字。"

"那么，德米特里呢？"

这是沁园的下一个问题。可是沁园还来不及问，就
发现徐老师的五官突然抽搐了起来，越抽越紧，紧成了
一个乱线团。

"德米特里，五，五十五年了，字，还在……"

徐老师呻吟了一声，捂住胸口，身子渐渐地低矮了
下去。她瘫坐在树根上，两眼紧闭，面色煞白。

"药，药，在包里……"她摊开手，对沁园说。

巴士在离开布达佩斯的时候又耽搁了半个小时——
是等红衫女子。

花鸟小品 / 2011年 / 68cm×45cm

花鸟小品 / 2011年 / 68cm×45cm

红衫女子提着大包小包从瓦茨街购买的礼品，匆匆跑上车来，高跟鞋在台阶上卡住了，差点摔了一跤。

　　红衫女子显然走了很多路，额上闪着一层猪油似的汗光，衣裳背上有两大团汗迹。红衫女子在座位上坐下来，就动弹不得了——礼品袋把她前前后后地围困住了。

　　"哎，你，"红衫女子腾出一个手指，指了指袁导："别光站着看，给帮个忙。没看过迪拜的导游吧？你进商店买东西，他跟在后头提。每一分小费，挣得都有道理。"

　　全车的人都替袁导不堪。沁园低了头，不敢看袁导。

　　谁知袁导哈哈一笑，走到红衫女子身边，说："谢谢大姐把我当老公使唤——这才叫信任。"

　　众人哄地笑了。

　　得在这条路上走多少个来回，被人照脸打过多少记耳光，才能磨砺出这样的一副脸皮，和这样的一条舌头呢？沁园暗想。

"瓦茨街的东西，比香港要贵个一两成，可是款式新啊。你看这款 Gucci 包包，要流行到香港，起码是六个月以后的事呢。"

红衫女子转过身来，对后排的一对美国来的夫妻说。

那对夫妻没有搭茬。这个时候车里没有人会和红衫女子搭茬——人们还在为那丢失在她手里的半个小时耿耿于怀。

袁导给大大小小的礼品袋都找到了稳妥安身之地，才对红衫女子微微一笑："大姐下回别尽买包了，也买只好表，看准时间。"

红衫女子哼了一声，说："我知道我晚了半小时。可是你先前堵在路上，晚到了两小时，我说什么了吗？两下一减，你还欠我一个半小时呢。"

"你这个……"车里有个中年男人正要站起来说话，却被袁导用眼光狠狠地按捺住了。

袁导知道虽然旅程已经过去了一大半，但真正的转折点却在今天。确切地说，就在这一刻。在这之前旅途所经过的所有城市，基调是黯淡灰涩的，连地上的尘土，都带着太多往事的凝重，让人沾上一鞋底，就沉得抬不起腿，走不动路。故事很多，重复也很多，都是关于一种制度和另一种制度的碰撞，一个政党和另一个政党的血拼，一部史书对另一部史书的挑战。这个旅游团里居多是年轻人。年轻人对政见党派阶级的故事不感兴趣，他们更愿意以性别衣装和爱好来划分人群，搜寻能激活他们神经的故事。

巴士从布达佩斯开出去，就要跨越一条分界线。车后头是贫困战乱和剧变留下的斑驳疤痕。疤痕还嫩，轻轻一揭，就能渗出底下尚未凝固的血。踩在上面的人，还要格外小心翼翼。车前去的那个方向也有疤痕，不，应该说是印记——那是奢侈华丽和辉煌被时间冲洗过后留下的水迹。水迹虽然在岁月里渐渐干涸，却依旧有金粉在里边隐隐闪烁。车子开动了，袁导一下子就感觉到一股兴奋的潜流，在那伙年轻人中间涌动。他甚至听见了他们哔啵的心跳，在车轮辗转声的间隙里隐约响动——那是被压抑了数天的心，在急切地渴望着一帖解药，一种救赎。

这帖解药的名字叫维也纳。

袁导热切地迎合着年轻人的兴奋。他知道这帖解药的药引子，是一个女子——一个用微笑把维也纳和布达佩斯捏在她手中的神奇女子，一个被演绎过无数次却始终不能被穷尽的多面女人。

他开始在车里播放电影《茜茜公主》的录像带。

蓝天白云之下的波森霍芬山林和原野，闪光的湖泊，在林中自由穿行的野鹿，一个面带稚气的长发少女，在山林里跃马扬鞭，艳红的马装在林木间留下点点

的这场比赛，是他参加过的所有比赛中最大的一场，欢
欢为此兴奋了整整三个月。可是，今天的啦啦队里，却
缺少了一位母亲。

沁园习惯性地伸进裤兜掏手机——没找见，才突然
想起她已经把手机关了，放进了旅行箱。她已经与外边
的那个世界，隔绝整整一个星期了。

无论离了谁，地球都还是一样转。有没有她在场，
欢欢都会度过这一天的。

哦，欢欢。

沁园迷迷糊糊地睡了过去。

"那个清晨，伊丽莎白，也就是那个被家人叫作茜
茜的女孩子，吻别父亲巴伐利亚公爵马克希米利安走出
家门的时候，太阳很好，云雀在杉树顶上欢快地啼叫。
没有任何一个迹象表明，命运之神已经在她十六岁的脚
踝上系上了一根看不见的细绳子，正牵引着她一步一步

地走向一个她后来回忆起来不知道应该称作天堂还是地狱的地方。"

袁导指着美泉宫外廊上一张茜茜公主的半身肖像说。

画里的茜茜公主还是个孩子。急于讨好皇室的画匠对这个孩子身上表现出来的天真又爱又恨。他的画笔想带着她逃离那种混沌甚至接近于无知的状态，可是他却发现她的天真是吸铁石，他的画笔走不了多远又被吸回到出发之地。于是她被他犹犹豫豫地搁置在了天真和成熟之间的一个尴尬地带。她的瘦弱里没有骨头，她的瘦弱让人联想起丰腴。她的稚气也是一样——她的稚气已经蕴含了一丝的风情。还是孩子的奥地利皇后茜茜进宫后收到的第一份厚礼，就是一张精细的砂纸。这张砂纸在日后的几十年里慢慢地耐心地把她打磨成一个极不情愿的妇人。

"那天出门时茜茜穿的是一件家常的连衣裙，头发随意扎成一条辫子，发丝间还留着一片前一日在树林里纵马时沾上的枯树叶。母亲没有刻意打扮她。准确地说，母亲压根没有打扮她。母亲的眼睛和心都没有用在她身上，因为她不是这次出行的主角。主角是她的姐姐埃莱娜，也就是娜娜。"袁导说。

"娜娜和茜茜完全不同。娜娜出生时的第一声啼哭里，就已经隐隐蕴含着皇后的克制和端庄。娜娜和茜茜都爱做梦，做的却是不一样的梦。娜娜的梦里，是金碧辉煌的宫廷帷幕，还有绣着皇室徽章的红马车。茜茜也常梦见马，茜茜的马却不是拉车的马。茜茜的马是不受命于任何一个马夫的野马。它只听命于她一个人，它可以在她的一声令下一跃跨过一条山涧，它能用它的蹄子把她瞬间带入父亲传给她的血液里的那种癫狂。茜茜憎恶被高墙围困的一切，茜茜向往的是风和速度。可是，上帝就在那一天和她们姐妹俩开了一个残酷的玩笑：渴望墙的最终被给予了风，而向往风的却意想不到地得到了墙。

"那天的旅途是一次相亲之旅——是姐姐娜娜和表哥，年轻的奥地利皇帝弗兰西斯·约瑟夫之间的相亲之旅。母亲和姐姐为此行做了很多的准备，事到临头却依旧感觉毫无准备般的心慌。那天母亲和姐姐锁在屋子里颤颤絮絮地抚弄着妆扮细节里的最后一个皱褶，而茜茜却被母亲打发去圆娜娜迟到的场。茜茜的率性和无章在那一刻成了她的祝福也是咒诅——弗兰西斯在看到茜茜的第一眼时，就被丘比特的神箭射得百孔千疮，浑身瘫软。当姐姐娜娜最终摆平了额前的一根刘海和胸襟上的一条蕾丝，艳若天人般地出现在奥皇面前时，弗兰西斯已经瞎了眼，再也看不见别的女人了。十分钟，就在那关键的十分钟里，历史已经被改写，还是孩子的茜茜，出乎意料地成了奥地利皇后的最终人选。"

美泉宫配备了自己的导游，不允许外地导游入内讲解，袁导被拦在了外边。一个童话故事，被生硬地截断在凶吉未卜的开头。众人只能散去，自己结队进宫去搜索演绎那个其实早已是过去时了的未来。

红衫女子突然有些恐慌起来——红衫女子不会外语。这里不是瓦茨街。购物的语言不分国界，四通八达，畅行无阻。可是出了瓦茨街，购物的语言瞬间失灵。美泉宫的语言系统纷繁复杂，国界森严。在美泉宫的语言系统里红衫女子连门也找不见。

红衫女子知道她必须挤进人群，找到结盟的对象。她很快锁定了小郭和他的女友——毕竟，她和小郭的女友在一排座位上坐过几个小时，总算是一张兴许可以煺熟的脸。

她从挎包里打开一包新点心，递给小郭："捷克的麦饼，你女朋友不爱吃，你尝一片？挺好吃的，有点中国味。"

小郭摇摇头，指了指墙上的标志，说："这里不许吃东西。"就牵着女朋友飞快地走了。

红衫女子的下一个目标，是调整座位后坐在她后排的那对美国来的夫妻。然而那个妻子后脑勺上仿佛长了眼睛，未等红衫女子走近，她就扯了扯丈夫的袖子，两人一起闪进了纪念品商店。

红衫女子这才意识到，人群是水，她是一块浮在水面的油斑。油斑在水之上，油斑却钻不进水里去。水是软的，水又是硬的，水硬得她劈砍不动。水已经打定了主意，只要她一贴近，就把她像一口痰那样地吐出去。

站在红衫女子身后的徐老师，轻轻地叹了一口气，走过去，对红衫女子说："我懂几句英文德文，你可以跟着我进去。不过，先告诉你我不吃麦饼，也没几个钱，所有另外买门票的景点，我都不会进去。"

红衫女子的脸上，浮出了一朵惊讶的微笑。她一把挽起徐老师的手臂："你不用开口，我就看得出你是大学问人。这个风度，这个气质，造假是造不……"

徐老师从红衫女子的手中，扯回了自己的胳膊，就势打断了她的话。

"你这位女同志，说话常常说过了头，不是夸人夸过了头，就是骂人骂过了头。你还是学一学，老老实实说话，这样最好。"

沁园发觉，红衫女子的脸上，第一次有了一丝尴尬的表情。

三人就朝宫里走去。

走过一个展览厅，只见正中间摆放着一个玻璃柜，柜子里陈列着一件茜茜公主在某一个盛大的晚会上穿过的一件礼服。礼服通身是月白色的缎子，层层叠叠的裙裾上，绣满了豆绿色的小花朵。沁园想象着茜茜穿着这件礼服的样子。那时她还在豆蔻年华，大概刚刚脱去马裤。当她在宫廷贵妇们的帮助下穿进这件衣服时，她们该怎样暗暗嘲笑她在紧得透不过气来的腰箍和宽如瀑布的裙裾里挣扎搏斗的笨拙？也许，就是在这一次的晚会上，她第一次见到了她生命中另一个重要的男人，匈牙利的安德拉希伯爵，一个和她一样拥有一腔不安分灵魂的人？

"现在的手艺人都死光了，就是把钱堆成金山银山，也没有人能绣得出这样精细的东西了。"红衫女子啧啧地赞叹着。

"上帝创造茜茜的那一刻，一定是在他刚刚从一场美妙的睡眠里醒来，精力无限充沛的时候。这样完美的睡眠，几个世纪才能有一次。"沁园对徐老师说。

"这个女人，不笑的时候，脸上有股杀气呢。"红衫女子说。

"不创造价值的美，是一种资源的浪费。"徐老师冷冷地说。

"你是说，茜茜的美，是一种浪费？"沁园问。

"在我们那一代人的审美观里，劳动是一切美的核心。"徐老师说。

"世界上有许多种劳动方法，纺线耕田只是其中的几种。茜茜的劳动工具不是镰刀斧头，而是她的微笑。"

"当下许多女人，用的都是这种工具。"徐老师斜了红衫女子一眼。

"你明知道，我说的不是这个意思。"沁园的脸涨红了。"裴多菲烧起来的火，不是弗兰西斯·约瑟夫的刀剑灭的。是茜茜用她的微笑，征服了强悍的敌人匈牙利。奥匈的联手创造了这片土地上罕见的祥和平安——那是一个女人用她的微笑创造的价值。这个价值，难道不比稻谷和棉线值钱吗？"

徐老师沉吟片刻，才说："无论是刀剑还是微笑打造的帝国，到底是福祉还是灾祸，是要后人来判断的。奥匈帝国几十年后就分崩离析了——这是人民的选择，不是茜茜的。"

这个女人身上的坚硬苏俄印记，像鞋子里的一颗沙砾，硌得沁园忍无可忍。

"你不能因为奥匈帝国不存在了，就否定它当年存在的价值。"沁园感觉到了游客投在她身上的目光，才意识到她的嗓门太高了——连忙压低了声音。"你们那代人当年用热血捍卫苏维埃理念，你会因为苏联解体了，就否定你的青春你的理想吗，卡佳同志？"

嘎的一声，地球停止了转动，陷入了万劫不复的沉静。徐老师的脸色变得煞白。滴答——滴答——沁园仿佛听见徐老师脸上的血，正一滴一滴地掉落在地上，把地砸出一个一个的浅坑。徐老师的身子突然扁缩了下去，瘫软在走廊的长凳上。

沁园的手脚开始出汗。痛快啊，痛快。多久了，多久她没有这样放肆而凶恶地戳过人心尖子上的那块肉了？

可是，她并没有感觉兴奋。

"对不起啊，对不起。"沁园嗫嚅地说。

"哦，不，没什么。"徐老师缓缓地站起来，朝前走去。"也许，你，有你的道理。"

沁园发觉徐老师一下子矮了许多，走路的时候，裤脚拖在地面上，发出窸窸窣窣的声响。

那一个下午，她们没再说话，景点提供的讲解耳机适时地缓冲了长久的沉默带来的尴尬。三个女人各怀心事，把美泉宫潦潦草草地走了一遍。

回到旅行巴士的时候，已经是傍晚了。维也纳把一天里最后的辉煌，涂在了美泉宫的屋顶上。天穹中有鸽子飞过，却飞得很慢。维也纳的鸽子和布拉格布达佩斯的鸽子不一样，维也纳鸽子的羽翼上带着优雅的不屑和傲慢。

袁导问大家玩得怎样？

红衫女子哼了一声，说和凡尔赛宫没法比，那是大都市和县城的区别。

一位和同学结伴出游的年轻女学生指了指被巴士渐渐甩在身后的宫墙，说："有这样的县城，还要都市做什么？谁要是能给我美泉宫的一个小角落，我就一定死心塌地嫁给他，绝不反悔。"

众人哄地笑了，说别说一个角落，就是给间厕所我们也就满足了。

小郭的女友叹了一口气，问袁导："茜茜公主拥有了世界上一切好东西，弗兰西斯皇帝除了命不能给她，其他什么都给她了，可是她为什么，还不满足？"

"你觉得，茜茜公主真的，拥有了世界上的一切？"

"基本可以这么说。"小郭女友说。

"那我给你讲一个，茜茜公主生命中，最黑暗的夜晚。"袁导说。

"她要还有黑暗夜晚，我们就都常年住在煤窑里了。"小郭说。众人又哄地笑了。

"其实每个人一生里，都有自己最黑暗的夜晚。"袁导说。"茜茜也不例外。"

"茜茜生命中最黑暗的那个夜晚，发生在一八九〇年。那年，茜茜五十三岁，行走在老和不老的那条边缘

线上。她最心爱的大女儿，就是那个被她称为'唯一的
孩子'的苏菲，早已病逝在她和弗兰西斯皇帝出巡的路
途上。而她唯一的儿子鲁道夫，也已在一年前自杀身
亡。鲁道夫从小在奶奶身边长大，和母亲感情疏远。他
的死虽然让茜茜难过，却不是那种锥心刺骨的难过。她
的难过另有缘由。

　　"茜茜在维也纳的贵族群里，是一个异数。她虽然
是奥地利的皇后，她心里真正向往的，却是另一片土
地，一片叫匈牙利的土地。茜茜向往那里开阔的森林和
原野，桀骜不羁的马群，乡间少女不施脂粉的天然红
颊，集会上男人们狂野的拍腿舞蹈。当然，她对那片土
地的向往，是和一个男人密不可分的。这个男人就是匈
牙利的宰相安德拉希伯爵。

　　"当十六岁的少女茜茜遇到她的表哥弗兰西斯·约
瑟夫时，两个截然不同的人被未经世事的好奇心驱使，
产生了年轻而盲目的碰撞。而当二十九岁的茜茜遇到安

德拉希伯爵时，那是一颗成熟的灵魂在嘈杂的尘世里遇见了另一颗相似的灵魂时的默默惊喜。在遇见茜茜之前，安德拉希伯爵是奥地利的头号敌人。他的父亲在那场裴多菲的诗歌点燃的起义中，被奥皇派出的军队杀害。而他自己，也在流放途中被奥皇处以象征性的绞刑。当名义上的死囚安德拉希伯爵邂逅了茜茜公主的微笑时，他发现他对奥地利的坚定敌意遭遇了前所未有的挑战。茜茜的微笑如一股柔软却无坚不摧的流水，流穿了父亲的鲜血在他心中结下的坚硬痂痕。那一天，他和她都很奇怪，他们的话题不是关于宫廷国界皇权的，他们甚至绕过了裴多菲，他们只是谈到了莎士比亚，海涅，还有马。

"她和他是一种人，都憎恨宫墙，礼仪，绳索，镣铐，但他们却都生活在其间。当安德拉希伯爵把象征匈牙利最高权力的皇冠戴到茜茜头顶的时候，事实上他又在她众多的枷锁上添加了最粗最重的一道。在茜茜后来

的日子里，她无数次离开让她几乎窒息的维也纳宫廷，
来到匈牙利巡游。在她自己的宫廷里备受挑剔指责的茜
茜，在匈牙利得到的，却是仅次于上帝的拥戴和崇拜。
她曾无数次和安德拉希伯爵一起纵马原野，她的马和他
的马几乎紧紧相贴，他的鼻息在她的耳畔厮磨生暖。然
而她和他中间，却隔着一道再好的骏马也无法逾越的鸿
沟。这条鸿沟的名字，叫国家利益。其实她知道，还有
一种方法，能够让她走过那道鸿沟的。那就是，她必须
放弃她的马，脱下她烦琐的宫廷命服，摘下她头上的那
顶皇冠，赤脚涉水。她没有勇气。她一直没有。皇冠并
不重，只是脚很重。脚下是一个国家，不，两个国家的
重量。

"一八九〇年的那个夜晚，五十三岁的茜茜接到了
安德拉希伯爵的死讯。她终于知道，她丢失了她一生中
唯一的，也是最后的，得到光明的机遇。那天以后，还
会有很多匹骏马很多道鸿沟，只是等候在鸿沟那边的，

再也不会是另一个安德拉希伯爵了。在那以后的日子，将是万劫不复，没有缝隙的黑暗。

"那个夜晚，是茜茜一生中最长最黑暗的夜晚。她一夜无眠地坐在窗前，等候着厚厚的丝绒窗帘从金黄过渡到浅灰，从浅灰过渡到深黑，再从深黑变回浅灰，变回金黄。清晨服侍她的贵妇们敲开她的房门，她们看见的，是一个满头白发一脸褶皱的彻头彻尾的老妇人。"

一车的人都没说话，空气有些湿重，似乎随意一拧，就能拧出一些带着咸味的水汽。

袁导有些后悔。他知道他刚刚成功地谋杀掉了一车的轻松快乐。其实他一点也没想把属于布拉格和布达佩斯的沉重带进维也纳。可是，他的嘴偏偏背叛了他的脑子。不知何时起，他觉得他的嘴离他的脑子越来越远了。

离开萨尔斯堡前往夜宿地因斯布鲁克的途中，车里

的气场突然变了。在小郭的带领下，一车的人开始拍手
跺脚荒腔走板地高唱《音乐之声》的插曲"哆来咪"——
萨尔斯堡留给他们的最深印象，竟不是音乐神童莫扎
特，而是那个具有世界上最动听歌喉的风情修女玛丽
亚。连这一两天里很少开口的徐老师，也闭着眼睛，跟
着节拍轻轻地敲打着自己的膝盖。被袁导在维也纳不经
意间压抑住了的狂欢，在延缓了一天之后，带着沿途积
攒的能量，凶猛地爆炸开来。

Doe, a deer, a female deer,

Ray, a beam of golden sun,

Me, a term to call myself,

Far, a long long way to go...

袁导放了心：属于历史的沉重，终于被彻底丢在脑
后，这一车的年轻人，总算可以携带一两片轻松的记

忆，走在归家的路上了。袁导在导游座上安稳地坐了下来，闭目养神，听由这一车的快乐，水一样地在每一排座位之间毫无章法地奔走流窜。

突然他的手机响了起来——是个熟悉的号码。他拿起来，紧紧地贴在右耳上，一只手捂着另一只耳朵，在满车的喧闹声中大声讲起了电话。

坐在第一排的沁园，听见他断断续续的狂喊。

"妞妞？啊，是，是爸爸。什么？还要一千？不是刚汇过去三千吗？啊……啊……iPhone？不是有了吗？啊？什么？听不清……哦，换代？先凑合用着，以后再说，行不？"

接着是几秒钟的沉默——是他在听。终于，他打断了电话那头绵长的理由，叹了一口气：

"妞，爸爸的钱也不好挣，你能省，就替爸爸省一省，好吗？"

放下电话的时候，沁园看见袁导脸上原先绷得紧

紧的肌肉，突然松弛了下来——那是她从未发觉过的
疲惫。

他坐立不安，不停地挪动着身子，用手纸擦着脸
上额上豆子一样的汗珠。她知道他想抽烟。其实她也
想——这几天他轻而易举地把她带坏了。可是离下一个
出口还很远，他不能抽，她也不能。于是她从手提包里
摸出一盒口香糖，扔给他一块。

他接过来，凶猛地咀嚼起来，两颊的肌肉剧烈地凹
凸着挪移着，仿佛跑动着两只饥饿的老鼠。

"女儿？"她问。

"无底洞。"他回头看了她一眼。"你有吗，这样的
麻烦？"

"还好，我儿子用的是他自己挣的钱。"沁园说。

"你为什么，一次给她这么多钱？"她问。

问过了，她有些后悔。这是一扇危险的门，门那头
不知潜伏着一只什么样的怪兽。

回答最终来了，是在半晌之后。

"离婚。"他说，然后闭上了眼睛。

她知道门关上了。她不想敲，他也不想开。便都沉默了。

她想起了欢欢。欢欢虽然只有十六岁，却深谙花钱之道。欢欢买衣服只认一个牌子，那就是Abercrombie & Fitch。欢欢买运动鞋只去一家店——Adidas。但欢欢每天早晨都去送报纸，刮风下雪也是。欢欢周末帮邻居看孩子，暑假里给比他小的孩子当家教。而且欢欢知道在过季的时候买折扣货。这几个月欢欢极少问她要零花钱。其实，内心深处，有时她渴望欢欢能够跟她开口。欢欢在电话上可以和同学煲一个晚上的电话粥，可是欢欢可以跟她说的话很少，少得几乎接近于无。她觉得欢欢是一根用锡纸火封得紧紧的管子，她不知道里边装的是牙膏，眼药，还是其他。

临近因斯布鲁克的时候天突然翻了脸，云从四面八方涌来，像厚重的脏棉絮低低地压在头顶，仿佛一伸手就可以拽出一把水来。可是雨一直没有下，只是风一阵比一阵疯狂了起来，把路边的树压得贴到了地面，电线像瘦蛇在空中狂舞。

下了车，众人无心逛夜市，在旅馆边上的一家小中餐馆胡乱吃了一口饭，就都进旅馆住下了。

临进电梯，袁导悄悄对沁园说："放了行李就下来，我请你在底下喝杯咖啡。"

沁园点头，说："我带徐老师一起下来。"自从那天在美泉宫和徐老师顶过嘴之后，沁园总觉得心里有些不安，想找个合宜的时机补过。

谁知走在旁边的小郭听见了，就大嚷："凭什么不请我？匈牙利的牛肉汤，我到现在也没喝上，白帮了你一路忙。"

袁导连忙说："请，请，不仅请你喝咖啡，还请吃甜品，行了吧？带上女朋友。"

小郭这一嚷，惹来了一群人，说不能厚此薄彼的，要请就得大家都请。沁园就出来打圆场："他那点小费，够请谁啊？不如谁愿意下来的都下来，各付各的。"众人都赞同。

回屋放下行李洗过澡，果真有那么十来个人下楼来喝咖啡。咖啡厅很小，两张小桌子拼成一张大桌子，大家腿挨腿地坐下了，屋就显得满了。外头风一阵紧似一阵，窗棂格嘭嘭作响，像有人用一只巨掌在捶砸。林涛如雷，轰隆隆从头皮上碾过，震得人心惊胆战。

有人咕的笑了一声，说这种鬼天气讲鬼故事最适宜。话音未落，只听见天花板上的吊灯哧哧地响了起来，颤了几颤，噗的一声灭了，一屋陷入没有一条缝隙的黑暗。沁园向来胆大，却也禁不住起了几片鸡皮疙瘩。

旅店的侍者打着手电走进来，说可能是电线被风刮断了，让众人先坐着不动，等候消息。就点了两根蜡

烛。蜡烛很是粗大，却不够亮，摇摇曳曳的把黑暗剪出
两个昏黄的洞眼。咖啡淡而无味，像洗碗水。袁导问还
讲鬼故事吗，这会儿？小郭的女友啊的一声尖叫起来，
说夜里我做噩梦找你睡。说完了，才知道说错了，一桌
的人早笑得沸沸扬扬——才壮了些胆。

袁导说电梯死了，反正也回不去屋，我们不如就做
个游戏，打发时间吧。每个人讲一个一生里最黑暗的夜
晚，必须是真事，不许胡编乱造。

众人都说好，却你看我我看你，都不开口。一屋都
是咕噜咕噜的声响——那是往事在肚子里发酵翻泡。

袁导就推了推小郭，说谁叫你是最小的一个？好事
坏事，都得先摊在你头上，想逃也逃不了。

小郭看了一眼女朋友，女朋友咦了一声，说你讲你
的，有我什么事？众人说他怕你呢，多少给点鼓励，装
装样子也行。女朋友嗤地笑了，拿膝盖碰了碰小郭："说
就说呗，看有没有我不知道的秘密。"

小郭挠了半天头，才哼哼唧唧地说：

"也就是，等她签证的那一晚吧。她已经签过两趟了，都拒签了——在北京。这次准备到上海的领事馆，再试一次。她发最后通牒了，说这回再签不出来，我们就，就算了，她们家，不让再等了。我知道她面谈的日期。那天，我给她打了二十多个电话，她都没接。没有伊妹儿，也没在QQ上。她好像，就从地球上消失了。我坐也不是，躺也不是，心想是熬不过去，这个夜了。直到早上六点四十分，她才发了个信息来，就两个字，'成了'。我也不知道，这算不算是最黑暗的夜晚，反正是够难熬的。"

小郭的女友看了小郭一眼，眼神湿湿的。

桌子上有个中年男人，听了就笑，说："年轻就是好，什么都没经历过。这要算是黑暗夜晚，到了我们这个岁数，回头再数一数，就没几个白天了。"

小郭不服，说年轻也不是我的错，总不能生下来就

饱经沧桑吧？我的故事算是砖，你们的是玉，行不？总
得有人扔块砖，要不怎么出得来玉？

袁导就鼓掌，说不能打击积极性，尤其是开路的先
锋。这样吧，我给你们讲一个真正的黑暗夜晚——是别
人的，先给你们来点灵感，你们受了启发，才知道怎么
在黑暗的路上越走越深。

众人不干，说你定了规矩都讲自己的事，别拿别人
的故事来充数。袁导说这可不是一般的数，有了这个数
垫底，下面的夜晚就好办了。徐老师就说让他试一试
吧，不好咱们再毙了他。众人没想到老学究也能讲出这
样的话来，忍不住又笑。

"其实，这个夜晚非得从它的白天讲起不可。这个
夜晚如果不是从这样一个白天衍生出来，它也就不会显
得那么黑暗。这一天，是一九五六年十一月三日。地
点：布达佩斯。那天正巧是周六，天气非常晴朗，没有
云也没有风，天空，树木，街景，都静止得如同是卢浮

宫里陈设的一幅色彩浓烈的油画。假如你不知道前几天的事，你站在这样的街头，放眼望去，一定会以为，这是一个什么也没有发生过，什么也不会发生的，天底下最宁静的城市。

"如果你的眼睛肯再往前走两步，也许你就会发现这宁静之下的破绽了。街角来不及运走的垃圾里，还存留着人群踩掉的鞋子，挤丢的帽子和眼镜，带着锈迹的子弹头，还有弹片从墙壁上刮下来的碎石渣。如果你再走几步到英雄广场，你的惊讶才会渐渐放大。广场变了，多了一样东西，也少了一样东西。多的和少的那样东西，都是那样明显。多的是一块丑陋的大石盘，盘上有两根裸露着钢筋的粗矮石桩。走到跟前，你才会发现，那两根粗桩原来是两只截断了的靴子——那是一座雕像的仅存部分。少的当然是石基座上的那个雕像。那座高二十五米，重几吨的巨大雕像，就在几天前的一个夜晚，在几杆切割枪的围攻之下轰然倒塌的。它在英雄广场的土地上，也在匈牙利的胸脯上，砸下了一个巨大的，永远无法复原的坑。雕像上的那个人，仅仅在几天前，还会让布达佩斯一城的人诚惶诚恐，胆战心惊。他的名字叫斯大林。

"如果你走到国会大厦，你会发现另一个惊奇。房顶上代表苏维埃的红五星，已经消失了。那面红白绿三横条的国旗，中间被撕去了一个鲜血淋漓的大洞，象征着国家政权的国徽，已经从这面旗帜上消失。

"但是，那天，对普通的布达佩斯市民，不，不仅是对他们，甚至对他们的最高领导人伊姆雷·纳吉来说，都是一个蕴含着美好希望的日子。混乱已经过去，和苏军的撤军谈判正在顺利进展，十多天来弥漫在布达佩斯街面的浓烈烟尘，已经渐渐落定。纳吉政府已经制定了一个行动计划，要在第二天，也就是星期天，彻底清扫他们的首都，把战乱的痕迹，从每一条街，每一面墙，和每一个人的心中，干干净净地抹去。街上不再会有枪声，大人的脸上不再会有血迹。孩子的眼中，不再会有惊恐。星期一，到了星期一，母亲们会站在门前，目送着自己的孩子们重归校园的欢快背影。父亲们会穿上洗干净了的工作服，手提着午饭盒去赶久违的班车。而爷爷奶奶外公外婆们，会坐在窗外，享受着严冬到来之前的最后一杯户外咖啡。匈牙利已经付过了沉重的代价，匈牙利现在应该是疗养复元的时候了。

"可是，这个白天的梦想没有能够持续到夜晚。那一夜，纳吉留在国会大厦，没有回家。第二天，纳吉也没有回家。事实上，纳吉永远也没有能够回家。

"那天午夜，克格勃手握毛瑟枪，冲进了苏匈谈判会场。

"那个夜晚渐渐走向凌晨，而那个凌晨仅仅是走向了一片更深更浓的黑暗。

"凌晨四时，苏军的坦克从四面八方开进了沉睡中的布达佩斯。那个夜晚，是世界广播史上永难抹去的一块污斑。匈牙利总理纳吉用四种语言，寻找失踪了的国防部长。匈牙利著名作家哈伊，用颤抖的声音，向全球发出了令人心碎的呼喊：'救救我们吧。'

"世界听见了他们的呼喊，世界却沉默了。纳吉和哈伊把黑暗撕扯出了破绽，可是黑暗太稠太浓，他们的声音，还是丢失在了黑暗的缝隙里，几十年后，才有了回响。

"对纳吉来说，这个他一生中最黑暗的夜晚，永远没有能够走向白天。从那天起，他就生活在持续的黑暗之中。两年以后，在一个没有太阳的早晨，他被送上了绞刑架。当绞索还没来得及套上他的喉咙时，他给世人留下了一声似乎有很多解释，却又似乎永远无解的呼喊：

"'社会主义的，独立的匈牙利万岁！'"

众人听了，都唏嘘。连那几个不知道纳吉是谁的小年青，也明白这个故事是所有暗夜故事的合宜开端。

半晌，徐老师才叹了一口气，说："他也就是，生错了年代，要是他晚生了三十年，那整个故事就得改写。"

袁导摇头，说："他要是晚生了三十年，兴许就是个碌碌无为的庸官。三十年后的舞台变了，演的也不是那一出戏了。"

众人想想也是。

小郭推了推袁导，说我怀疑你是在打岔。你还没有给我们讲一个，你自己的夜晚呢——那可是你定下的规矩啊。

袁导的手，伸进了裤兜里摸烟。手有些抖，摸摸索索了半天才摸着了烟盒。这一次，他没有递给坐在身边的沁园，他只抽出一根给了自己。这根烟抽得很慢，屋里的人，都听见了烟在他的肠里胃里嘶嘶行走的声响。烟在他肚子里走过长长的一圈，又从他的嘴里喷出来，先是一个个小小的紧紧的圆圈，渐渐地升高了，变得肥胖起来，不再紧，也不再圆，疲软地钻过蜡烛剪出的洞眼，撞在昏黑的天花板上，无声地碎裂开来。

"十几年前的北京城，社会科学院历史研究所里，有一个青年才俊——他愿意别人这样叫他。"一根烟抽过了一半，袁导才开口。"他从全国最有名的那所大学毕业，学历史，欧洲历史。如果可以分得更细一点，他的专业是东欧历史。"

"哎，说好了，讲自己的故事，怎么又……"小郭的女友嚷了起来。沁园瞪了她一眼，把她那半截抗议瞪了回去。

"未到三十岁，他就已经发表了许多篇论文，在国内国际的期刊上。三十出头，当别人还为副高职称打破脑袋的时候，他已经顺利晋升正高，成了博士生导师。

"他进社科院的第三年，认识了一位外文所的女孩子，学法国文学的。他见她的第一面，头脑还来不及形成任何想法的时候，心就咕咚一声头重脚轻地栽了进去，一下子栽进了深渊谷底——他猜想她也是。三个月后，他们就结了婚。一年以后，他们就有了一个女儿。

"那时的北京，还来不及精彩热闹起来。他们住的，是院里分配的宿舍楼，厕所厨房在屋外的走廊里。半夜起来上厕所，得从热乎乎的被窝里钻出来，披上冰冷的大衣，走到屋外。他的母亲从乡下来帮他们带女儿，一家四口住在一个用布帘子隔成两块的小房间里，夜里每一个动静听起来都惊天动地。她的事业很不顺，晋职进修，每一个关口都是逾越不过的沟坎。她很灰心。'憋死了，快憋死了。'这是那几年里她最经常说的一句话。

"后来她决定去法国留学。他其实不想让她走，可是他知道如果她不走，她也许会患上忧郁症。那阵子她失眠得厉害，神情举止都有些恍惚。于是他放了她。她把女儿留给了他。他的母亲有事回了老家，他又舍不得让女儿跟奶奶到乡下，于是他就成了女儿的爹，女儿的妈，还有女儿的奶奶。他知道哪一种痱子粉用起来最省钱也最有效，哪一种奶粉保存期长又合女儿的口味，他背得出女儿托儿所老师和小儿科医生的电话。女儿开始说话的时候，有一段时间会在人前叫他'妈妈'。

"过了一年，她写信来要他去法国探亲。他其实是不想去的，因为他太喜欢他的专业了，他舍不得放弃。他心里有杆秤，一头摆着她，一头摆着事业，他实在分不出，哪一头比哪一头更重。最后终于让他选择去法国的，是女儿。女儿快四岁了，依旧一时清醒，一时糊涂。清醒的时候，她管他叫爸，糊涂的时候，她管他叫妈。

"就这样，他带着女儿，来到了巴黎。他的英文不错，却完全不懂法语。他不认识街上的路标，也看不懂商店里的商品标记，甚至听不懂女儿幼儿园老师最简单的一句问候。在巴黎他尽失了他的聪明睿智灵气，在巴黎，他成了一个有眼的瞎子有耳的聋子，一个嚅嚅嗫嗫无所适从的地地道道乡下人。

"后来，她给他找到了一家语言学校。早上送完女儿去幼儿园，他就去那里学半天法语。下午接女儿回家之前，他去美丽城温州老板开的小百货店里搬运货物，挣回几个小钱补贴家用。夜深人静的时候，他想念他的书他的学生。'憋死了，快憋死了。'物换星移，这句话现在成了他的口头禅。

"后来，她毕业了，在一家国际贸易公司找到了一份中法文翻译的职位。女儿也进了小学。而只有他，依旧在语言学校和美丽城中间往返。他的法语长进了一些，刚够他问得清楚路，大致看得懂货物商标，还有大选期间各党候选人的名字。

"有一天，她下班回家时，带回来一张中文剪报——是当地一家华人旅行社招聘导游的广告。她说你一肚子的欧洲历史，正好可以找个出口，省得憋坏了。他想了想，面有难色——他脸皮太薄，做不了这种为一块钱小费半个百分点的折扣看人眼色跟人磨牙的事。她斜了他一眼，说饿肚子的人顾不得脸皮，我不能总养你一辈子。她的这句话像一把钝刀子，扎进了他的心。他不能往外拔，更不能往深里插——这两样的疼他都受不了。所以这把刀就在他心里存留了很多年。

"就是因为她的这句话，他成了一名导游。第一年的日子真像是走了一趟炼狱：为十五分钟的耽搁而拒绝开车的司机，为三块欧元的门票打死不肯下车的游客，用看垃圾那样的眼光看他的边境巡查官，为一个订房的小错误而叉腰破口大骂的旅店老板……他的脸皮像洋葱，这些人走过他眼前，一层一层地撕着，撕到最后，只剩下了一个光秃秃的核。不知从哪一天起，那个核结了痂，成了石头成了铁，不知冷热，也不识痛痒——他就适应了。

"他在旅行社里跑的是长线，最短七天，最长两周。两趟行程中间的间歇，他哪儿也不去，只在家陪妻子和女儿。他给她们做最好的饭食，带她们出去郊游购物，他把每一个在家的日子，过得像一个盛典——是为了弥补他不在家时的亏欠。有一天，洗澡的时候，他发现他的鬓角出现了第一缕白头发。他恍然大悟：他一生的雄心壮志，到这时已经变成了女儿的成绩单，和妻子脸上越来越难得的笑颜。人生大抵如此，他毕竟拥有了一个差强人意的圆了——不是圆满的圆，而是团圆的圆。他往后的日子，大概也就是绕着这个圆心来回转悠罢了。

"可是，老天爷不肯。老天爷还有话要说。

"有一回，他走的是一个七天的旅程。可是不知怎的，他告诉了妻子他要走九天。后来他无数次回想起来，总觉得那个无意间犯下的口误，有着一种宿命般的惊心和无可更改。

"临回家的前一天，他才猛然想起他把日子告诉错了，但他不想更正了——他想给她一个惊喜。他算好了到家那天正好是情人节，路过荷兰的时候，他在一家有名的钻石工厂里给她买了一枚钻戒——她跟他结婚这么多年，竟然一直没有戴过戒指。这枚戒指他用了最大的导游折扣之后，还耗费了好几个月的工资。他想象着她看到这件礼物时的惊喜表情，心里竟然有了一丝初恋时的温柔悸动。

"走到家门口，他迫不及待地掏出钥匙开门。妻子穿着睡衣从屋里冲出来，一脸的惊诧和惶乱。惊诧是他意料之中的，惶乱却是陌生的——他从未在她脸上见过这种表情。他急急地摸出裤兜里的那个戒指盒子，她却没有看。她把他死死地堵在门口，恳求他先不要进去。她的声音里带着一丝接近于绝望的哀求。她返身回屋将门反锁上，他站在门外等候，心里飞过一千种设想——哪一种也不是后来他看见的情景。五分钟后，她开了门。她已经穿上了外衣。屋里的沙发上，坐着一个头发蓬乱领带系歪了的男人——是她公司的老板。

"她没有说话，她只是坐在那里默默地低头流泪。'我只是，太寂寞了。'这是她后来唯一的解释。

"那晚他一直醒着，他无法合眼。他的眼睛里埋了一颗沙砾，他无论如何也无法把它揉出来，除非他剜掉眼珠子。他知道，他唯一能够合眼的方法，就是离开这个家。

"可是，离开家就是离开女儿。女儿是他的心。眼睛和心，他不能两全了，他只能挑一样。最后，他决定剜心。在他职业导游的生涯里，他阅人无数。他见过了许多没有了心还在世上行走的人。他们能活下去，他想他大概也能活下去。

"于是就到了那个夜晚。那天他们办完了离婚手续，回家和女儿吃最后一顿三个人的晚餐。女儿从小是跟他长大的，女儿和他不像是父女，反而更像是母女。那顿晚饭吃得很安静，谁也没有说话。妻子不说话，是因为妻子没有话。女儿不说话，却是因为女儿有太多的话。女儿的眼睛里藏了大大一汪的泪，女儿知道她一开口，眼睛就盛不住泪了。女儿读中学了，女儿不想在他面前哭。

"吃完饭，女儿送他下楼。这是巴黎最冷的一个夜了，漆黑，路灯很黄，云很厚。云上面压的不是雨，而是雪——是那种湿黏肥厚的雪，正等着风把云吹开一个口子，好急急地重重地坠落到地上。女儿望着他，还是不说话。他打开车门，说妞你听妈妈的话，爸爸周末来看你。女儿突然转身抱住了路灯柱子。女儿抱得非常紧，灯柱在她手里发出一阵凄厉的呻吟。女儿仿佛是一个溺水的人，死死抓住一根漂木不放。'爸爸啊。'女儿喊了一声。女儿的这句话其实不是话，更像是一股气流，一股混杂了多种情绪的气流——绝望，哀怨，愤怒，凄惶——这股气流在巴黎的寒夜中横冲直撞，把一切胆敢阻挡它的东西击打得粉碎。他在马路边上蹲了下来，捂住了耳朵，他觉得他已经砸得粉身碎骨。他怕是熬不过，这个夜晚了。"

袁导又掏出了一根烟，塞进嘴里。打火机没气了，

华山图 / 2017年 / 200cm×230cm

武陵源秋色 / 2016年 / 200 cm × 230 cm

他打了几次也打不着火。沁园拿出自己的，替他点着了烟。

"其实，你这个故事还没有讲完。"沁园像哥们那样拍了拍他的肩膀："后来那个导游成为全欧洲知名的华人导游，只要是他带团，全车就不会有一个空位置。许多人为了等他的团，不惜错过一个季节。"

"那他为什么不回国呢？他不是原本就不愿意出国的吗？"小郭的女友问。

袁导沉默了，五官静止不动，喉结却微微地抖了几抖，仿佛在忍受一次艰难的审讯。回答是半晌之后来的，只有两个字：

"女儿。"

有人嘤嘤地哭了起来——是那个红衫女子。红衫女子哭得非常突然，像一场没有风云雷电预示引领的暴雨。众人看惯了她的泼辣，没想到她一哭，就把自己哭成了一个单薄女子的样子。大家有些不知所措，只好听任她窸窸窣窣地把一小包手纸糟践完。

"有一个男孩，七岁的时候死了娘，十四岁的时候死了爹。"红衫女子抽抽噎噎地说。

"不是不讲别人的故……"小郭刚说了半句，就被他女朋友踩了一脚，便把后半截话缩了回去。

"男孩是老大，底下有三个弟妹。他爹一死，他就成了家里的顶梁柱。他爹是机电厂的工人，工伤事故死的，厂里就发给他家每月十五块钱的抚恤金。十五块钱养四口人，男孩得把每一分钱掰成好几瓣花。他停了学，每天去煤场拉煤砟卖，到菜市场捡臭鱼烂菜叶回来煮给弟妹吃。他只有一条裤子，脏得非洗不可的时候，他就坐在被子里等到风把裤子吹干才下地。

"他隔壁住着一家人，是他爹那个厂子里的同事，见他家可怜，就常常接济他。那家有个女儿，读书是个笨脑子，手却是巧，能绣花。孩子的肚兜帽子，女人的手绢鞋面，她都能绣。绣了就卖给左邻右舍，卖回几个小钱，也不往家里拿，都偷偷塞给他。她学校里读的书，也带给他看。她比他大两岁，她的作业，他都能帮她改错。她心里暗暗替他可惜：她是个猪脑子，倒有书读。他脑子油光水灵，却读不起书。

"初中毕业，她就顶替她妈进了工厂做收发员。拿了工资，她给家里一半，另外一半，她跟家里说是自己留着零花，其实，都给了他。下班回家，她还绣花，吃了晚饭就绣，一直绣到深夜，绣得眼睛酸麻直流眼泪水。绣品卖掉的钱，她还是给了他。她也不知道她为什么要这么做，她只是喜欢他，喜欢他的机灵，喜欢他的忠厚，她见不得他被穷日子逼到角落的样子。

"就这样过了几年，世道变了，日子开始过得热闹起来。他成年了，顶了他爹的职，在厂里挣三十二元的工资。可是他不甘心。有一天，他约她出去到城外的小树林见面。他从来没有约她出去过，她心里七上八下慌得不知如何是好。那天她洗了身子，换了衣服，光光鲜鲜地去了。他见了她，什么也没说，就扑通一声跪了下来，把她吓了一大跳。

"'姐，我求你一件事，你答应了我才起来。'他这些年一直管她叫姐。她扯他起来，怎么也扯不动，倒把自己也扯得摔了一跤。她就只好答应了他。

"'姐，听说南方挣钱容易，人去了就没有空手回来的。我想去闯一闯，总不能一辈子过这种鸡巴日子。'他说了一句粗话，她没觉得粗，只觉得他像个男人了。'家里就交给你了。现在，你是他们的姐，等我回来，你就是他们的嫂。'

"她被他一句话说得哭了。她明白过来，其实她这些年一直就在等这样一句话，只是她没想到，这句话是以这样的方式说出来的。她眼泪汪汪地看着他，说我怎么信你呢？都说那边开放，你到时候还不知道会带个什么人回来呢。

"他霍地站了起来，从裤兜里掏出一样东西，还没容她看清楚，他已经在手背上拉了一下——原来是一把刀。血像蚯蚓一样在他的手背凸爬出来，然后一滴一滴地落到地上。她吓坏了，连忙从兜里拿出一条崭新的手绢，替他包伤。哪里包得住啊？血很快就把手绢渗透了。她只好脱下身上的外套，用袖子在伤口上打了厚厚一个结子，才算止住了。

"'姐，这就是记号。我要是对不起你，你就指着这个记号骂我。'

"那天他就在那片小树林里干了她。他没做过这种事，她也没有。他对女人的所有了解，都是拉煤砟听矿工闲聊时捡来的二手货。而她，连二手货也没捡过。他弄得她很疼，可是那疼里边却有快活。她舍不下那样的快活。她知道她是他的人了。卖血讨饭，她也要把他的弟妹都养大。

"后来他就真的去了南方。偶尔写信回来，只问弟妹的情况，很少说自己的事。隔几个月寄一回钱，也是小数目。她不知道他在那边混得怎么样。一直到第三年过年的时候，他突然回来了。他是开着一辆小轿车回来的。他没回自己的家，先进了她的家。他进门就给她跪下了——这是他这辈子第二次给她下跪。'姐，我有钱娶你了。'他说。

"过完年他们就去民政局领了证。一个月后他就带着她去了南方。到了南方她才知道，他已经把家业做得那么大。当然，那只是她的眼界。在他看来，一切还在起步。'刚刚开始啊，'是他最爱说的一句话，即使是当他的家业大得她已经数不过来位数的时候。

"很快，她就生了一个女儿。他对她对女儿都很好。他不仅对她们好，他把她家里的每一个人，都伺候得很是妥帖。老丈人，老丈母娘，小姨子，大舅子，所有的人谈起他来，脸上都有光。他给她买一切贵重的物品，她缺的东西，她还没开口，他就已经添上了。她省惯了，刚开始时，她很不习惯他这样糟践钱。后来，她就知道了好货和次货的区别，她就再也回不去了。

"他的钱雪球似的越滚越大，他在家的时候也越来越少。'应酬。'他说。她知道成功的男人免不了各样的应酬，可是她还是宁愿他多待在家里陪陪她和女儿。'刚刚开始，一切还刚刚开始呢，有多少事要做啊。'他总是这样说。有一回，她帮他洗衣服，偶然看见他手机里奇奇怪怪的短信息。再后来，这样的短信息开始发到了她的手机上——是叫她让位的。她质问他，他就笑，说我这个身家的男人要是没几个女人盯着，就太不正常了。放心吧，我总是对得起你的。她就信了他——这么些年，他说什么她都信。她只是学会了疯狂地玩麻将，疯狂的购物，疯狂的做健身做美容，疯狂地做一切贵妇人们都做的事，来填充他不在家的那些空虚。

"他们都渐渐地老了。她看不见自己的变化，却看见他的肚子渐渐鼓起来，头发也渐渐稀少。有时他睡在她边上，会呆呆地看着天花板发怔。'怎么就过去了呢？'他说。她知道他说的是年轻的日子。'这份家业，就是没个儿子。'他叹气。她生女儿的时候，是难产，动过手术，再也不能生育了。'这个年代，女儿也一样的。'她安慰他。'怎么能，一样呢？'他说。

"后来有一天，他很早就回了家。她很惊讶，因为他很少这么早下班。他说他要送她一样东西，是一个意外的惊喜。她说家里什么都不缺，哪样东西也不再是惊喜了。他呵呵地笑，说这件一定是。他从公文包里掏出两个蓝色的信封，说这是两张旅游票，我和你，去欧洲的，给你做寿。她这才想起，很快就是她的生日了。她都忘了，他却记得。她其实出过很多趟国，都是他替她订的票。他让她去香港，去新马泰，去夏威夷，去巴黎伦敦迪拜，去一切美景和购物天堂。但是没有一次，是他和她一起去的。那天她很感动。她觉得无论世道怎么变换，无论他的钱滚成怎么大的一个雪球，他还是那个多年前管她叫姐，为了让她信他不惜在自己身上动刀的小男孩。那晚他们睡在一起，做了那件事——他们已经很久不做那件事了。

"临出发的前两天，他突然中午回家——他从不在中午回家。他喝了很多酒，脚步有些颤悠。他虽然常在外边应酬，但他从不在白天工作时间喝酒——他是一位敬业的好老板，他得给员工做榜样。他不说话，只是一根接一根地抽烟。他甚至懒得拿烟灰缸，直接把烟蒂扔在了他向来很在意的楠木地板上。她问他到底出了什么事？他哭了。他说他不能和她一起去欧洲了，她不肯。她怀了孕，医生说是个男胎。他要是和她去了欧洲，她就要去做掉它。她说到做到。

"她傻了，一时没听明白这么多个他她它到底是什么东西。过了一会儿，她才渐渐明白过来。咚的一声，太阳从天上掉了下来，把地砸了天大的一个坑。她孤零零地掉在了坑底。她伸出手来，没有人接她，一个人也没有。包括他。

"她看见他扑通一声跪了下来——这是他一辈子里第三次给她下跪。'姐',他叫了她一声。他多少年没这样叫过她了。'咱们离了吧。你永远是我姐,我会像养我亲姐一样的养你……'"

红衫女子的话再次被哭泣打断。红衫女子那天就像一头撒了盐的水母,浑身的每一个毛孔都在渗流着泪水。世上再厚再多的手绢,也擦不干这样的眼泪。

"不过,那还不是那个女人最倒霉的夜晚。今天才是。因为今天,是她四十五岁的生日。"红衫女子说。

听完这个故事,一屋的人都无话。窸窸窣窣,有人在找手纸,鼻息声开始滞重。没有人能给这样的黑暗找到出口。没人敢试。

"我也来讲一个故事吧。"半晌,才有人开口——是徐老师。"这个故事,你听了,说不定心里就好受一些了。"

嗬嗬，嗬，嗬。

徐老师狠狠地清了几下喉咙，仿佛那里噎着一根陈年的鱼骨。

"五十多年前，有一对二十多岁的青年男女，从苏联留学归来。"她终于清出了鱼骨，可是嗓音里依旧有着鱼骨留下的刮痕。

"他们都是学建筑的，只不过分科不同而已。她学的是结构工程，正好符合她严谨认真的个性。他学的是建筑学，和他身上热情浪漫的艺术家气质相吻。他高大英俊，她瘦小柔弱。他俩无论在长相性格上都是一条线上彼此隔得最远的那两个极点，可是他们偏偏相爱了，而且爱得热烈深沉。

"他们在苏联留学四年，不仅学了专业知识，也学会了莫斯科的生活方式。比如她爱烫头发穿布拉吉，他爱喝咖啡和威士忌。他们都酷爱俄罗斯文学，当然也包括苏联现当代文学。从莫斯科回国的火车上，他忍不住高声朗读马雅可夫斯基的阶梯诗：

新年好，

我的祖国，

人类的春天。

从浅蓝色的日子里，

高高站起！！

"一整节车厢的旅客，都站起来听他朗诵，大家热烈鼓掌——是把手掌都拍红了的那种鼓法。他不是显摆，他只是忍不住，他和她心里都藏着一团火啊。那天不是新年，可是对他们来说，每一天似乎都是新年。每一天，都孕育着一个暖暖的，亮亮的，让人只想快点起床去奔去跑的新希望。那就是他们，还有那趟列车上所有的人，对他们祖国的感觉啊。

"回国后，她被分配到一所大学教书，他被分配到一家设计院当建筑师。他们很快结了婚，有了一个可爱的女儿。

"刚回国那一阵子，他们的生活中还保留了很多留苏的痕迹。比如他们的日常对话里，时常夹杂着俄语的词句；他们办公桌上，摆的不是茶叶罐子而是咖啡杯；周末他们时常去参加苏联专家的舞会和社交酒会；节假日他们会带着孩子去莫斯科餐厅吃一顿昂贵却还算地道的俄国大餐。但是他们很快发现，局势在发生变化。报刊上开始出现反苏的文章，而且言辞越来越严厉。苏联专家在分批撤退。再后来，她执教的大学里不再使用苏联教材；他工作的设计院，也废弃了苏联专家设计了一半的图纸。他们对这种突变感觉疑惑。她沉默了。她忍得住，而他不行——不让他说话很难。

"他常在公开场合里质问报刊文章的合理性。'同一份报纸，同一位评论员，怎么几个月的时间里说的就是完全不同的两套话语？''科学技术没有国界阶级区分，

谁掌握了就能为谁服务。''就算是赫鲁晓夫背叛了列宁
和斯大林，他并不拥有普希金和马雅可夫斯基。他甚至
不拥有布拉吉和威士忌。何必说起苏联就谈虎色变？'

　　"他当然不知道，他的这些话早被一双双眼睛，一
副副耳朵牢牢地记录下来，成为后来一场轰轰烈烈的运
动中，他自己的致命杀伤武器——他一直天真得像个
孩子。

　　"那场运动是几年之后到来的。他毫无预感。她比
他政治上稍微敏感一些，她给他下了严厉的钳口令，不
许他乱说话——但却已经晚了。有一天早上，他跟往常
一样夹着公文包出门上班，晚上却没有回家。那天早上
他走得非常匆忙——那阵子单位里天天开会。他连早饭
也没有吃完，桌子上的碟子里放着一片他咬了一半的面
包，面包沿上还留着一个隐隐的齿印。这就是他留给她
的最后记忆。就是这片面包，改变了她后来的饮食习
惯。她后来不爱吃米饭，只爱吃面包——她每次吃面包

时，仿佛就会感觉到他的牙齿和她的牙齿在躲避着杂乱的人眼私密地约会——这是这些年来她和他隔着生死天河的唯一相遇方式。

"她把女儿安置下来，就出门去找他，半路上她被一群人拦截了下来。就这样他和她被各自的单位关押了起来——彼此不知下落。她单位的人没有打她，甚至也没有在公开的场合批斗她。他们只是不让她睡觉。她被关在一个七八平方米的小房间里，三盏一百瓦的电灯，正正地照在她的脸上。审讯她的人换了一拨又一拨，她被一次又一次地从半昏睡的状态里叫醒。他们的问题都是关于他的——他们对她并无多大兴趣。第一天她没说一句话。第二天也没有。第三天她说他其实就是有点小资产阶级情趣，是小毛病。她的嘴开了这样一个小口，她的嘴就挣脱了她脑子的羁绊。轰的一声，她的脑子散了架，和她的嘴分了家。她的脑子无可奈何地看着她的嘴自行其是，渐行渐远。后来，她隐隐记得有人拿了一张纸，让她签字。她想看那张纸上写的是什么，可是她的脑子和她的眼睛也分了家，她看不清了。她恍恍惚惚地签了字，就咚的一声陷入了万劫不复的黑暗——她睡了整整一天一夜。

"一个月后，她被放回了家，却没看见女儿。她发疯似地满城乱找，后来有个邻居悄悄告诉她：他和她被关押之后，他们的女儿就成了流浪儿，挨门挨户讨饭吃，还在垃圾箱里捡剩菜。幸亏有一个好心人通知了他在安徽乡下的老母亲，才把女孩领走了。女儿后来一直在奶奶身边长大，直到考上大学，才回到她身边——却已经和她非常陌生了。

"五个月后，他被判了刑，送到青海的一处劳改农场服刑。定罪的证据，就是她签字的那张纸。她给他服刑的农场写了很多封信，他只回过一封。这一封是写给女儿的，只字未提她的名字。

"后来她就完全失去了他的音讯。直到三年之后，

惠园春色 / 2016年 / 200 cm × 230 cm

真泽宫元柏图 / 2016年 / 68cm×136cm

一个陌生人敲响了她的门。他从青海来，是她丈夫的农场里一名刑满释放的刑事犯——他们在同一个牢房里住过一年多。他交给她一本毛主席语录，书上的塑料封皮已经泛黄开裂。她一看就知道是丈夫的旧物。封皮的夹套里，掖着一张纸——是解手用的那种黄草纸，上边草草地写了两行字。纸好像泡过了水，字迹肥胖模糊，她看了半天才勉强认出了他的笔迹：'今天天真冷，洗衣服，水结了冰碴。想起……冬天给我洗衣服。'她知道那个删节号里边藏着的是她的名字，她把那本语录贴在脸上泣不成声。当然，那时她还不知道她更应该哭的是下面的一件事。可是到那时她却已经把眼泪流完了。

"那人告诉她他死了，一年以前就死了，是肝病，肝硬化。和农场里其他的死者一样，他被埋葬在了附近的一片荒林里，没有棺材，只裹了一张他自己睡过的破席子。埋他的是他同一牢房里的两个犯人，其中就有那个来看她的人。那人长了个心眼，在他入土的头顶上方放了两块石头，又在石头中间插了一根棍子作为记号——他活着的时候一直对他好，教他认字，还省下自己的口粮给他吃。他记得他的好。

"她听了默不作声，只是呆呆地坐着，脸颊上的眼泪已经干涸，两只眼睛如两个黑洞，深不见底，毫无动静。后来他听见了一些啜啜的杂音，像是春天草木奋力钻出泥土的声音——原来是她的白发在一丝一缕地生长。就在他眼前，半个小时的时间里，她变成了一个彻头彻尾的老妇人。

"'人已经走了，大姐你想开点。'他开始劝她。她还是默不作声。过了半晌，她突然抓住了他的袖子，紧紧的，蟹钳似的。'你带我，去找他，现在。'她求他。他说你疯了，这个时节，土冻得像铁，挖不动。要挖也得等到开春。

"第二年初夏，他如约来了。她和单位请了一周病假，跟他去了青海。那阵子她的学校正处在两派权力交替的真空状态，没人管她。

"他们到了青海，跟当地的老乡借了铁锹马灯。怕引起人注意，他们一直到天黑了才敢去那片荒林。他们用自己带来的烧酒，浇湿了毛巾，又把毛巾垫在口罩里，开始挖掘。她是个城市里长大的女人，虽然参加过单位里组织的短暂支农劳动，她其实并不擅长农活。可是那天她却像一只母豹，力大无比，铁锹在她的手掌中发出撕心裂肺的讨饶声。他们很快就挖到了骨殖，只是没想到是两具——大概是两个埋得相近的死人，随着时间的推移，表土开始移动所致。她只看了一眼，就认出了哪一个头颅是他的——她找到了一粒缺损了的门牙。那是有一回他去施工现场考察时，不小心撞在钢筋架上磕坏的。

"虽然他走了快两年了，可是他的头颅里，还渗着一股黄水，散发着一股恶臭。她什么也不顾，她只是把它抱在了怀里。她一身的力气在这个时候已经像水一样地流干了，她嗓子开始发痒——是烧酒的味道熏的，可是她连咳嗽的力气也没有。她瘫坐在了一团树桩上。马灯的油渐渐浅了，灯芯瘦成了一颗豆子。林子很黑，生出各样的声响：风从一片叶子爬过另一片叶子的窸窣声，老鸦的羽翼刮过树枝的哗啦声，野物惊窜过灌木丛的扑通声。还有一种声响，近似于孩子让被子蒙住了脸的压抑低哭，时而近时而远，嘤嘤地不绝于耳。

"'冤死的魂，不安生啊。'他告诉她。她在他的声音里听出了他的害怕。可是她一点也不怕。世界上让她最害怕的事情已经发生过了，她现在不过是在收拾那件事情的残局。青海的夏夜还是凉，夜露湿了她的衣衫。她把他的头颅紧紧地搂在怀里，她知道他冷——他已经冷了很久了。

"'那个夜，实在太黑太长了。'带她去找他的那个人后来告诉她。她没觉得。她觉得天一会儿就亮了，还没来得及让她把他煨暖。她想一直搂着他，坐过无数个

124

黑夜，一直坐到天塌地陷，地老天荒。"

"天爷！"小郭的女友捂住了耳朵。"这个故事，太可怕了。"

小郭扯下她的手，揣在自己的手心。

"假如有一天，我也犯了事，你会，替我收尸吗？"小郭问他的女友。

小郭问这话的时候，一点也没笑意，脸色凝重得如同随时可能下雨的天。众人突然想起，小郭不是孩子了。那个女人抱着她丈夫的头颅坐在青海的荒林里等待天明的时候，其实比现在的小郭大不了几岁。

女孩怔住了。即使在她一辈子最荒诞无稽的夜梦里，也没有出现过这样的问题。

"别回答。"徐老师对女孩说："答了也没用。你生在了好时候，这种考验，不会在你的一生里发生。所以，我们才管这种故事叫历史。"

"可是他们这一代，也有他们的考验，躲是躲不过去的。"一位中年人说。

"后来，那个女人，怎么样了？"沁园问徐老师。

"后来那个女人带着装有她丈夫骨殖的包裹，来到了她丈夫的老家。她和她的婆婆，一起把他埋葬在了他出生的那片土地上。

"再后来，那个女人回到了她的大学，专心教书育人。不过，从那以后，她无论走到哪里，身边都会带上那本他留给她的毛主席语录。那本书叫她心安。她知道他已经原谅了她——就凭那张夹在书套里的黄草纸……"

"啪"的一声，灯猝然亮了——是电线修好了。一屋的大光亮里，蜡烛成了两粒病恹恹的黄豆。徐老师紧紧搂着那个肩包，怕冷似的缩着背。

"后来，那个女儿呢？"沁园又问。

"你问了太多的问题，只是，你忘了，你还欠我们一个，你的故事。"徐老师说。

一桌的人，都转过脸来看沁园。沁园不语。沁园这会儿已经完全失去了叙述的兴趣。房间的灯太亮了，光亮让人扭捏不安。世界上有许多故事，只适宜在昏暗里诉说，在昏暗中聆听。心只有在昏暗中才敢恣意舒展开放，真相的最佳暴露方式原来并不是光亮。

"我来替你说吧。"袁导插了进来。

"从前，不，这个故事不发生在从前，这个故事就发生在当下。有一个作家，花了多年的心血，写了一本书。书的背景在南美洲，所以她耗费了自己所有的私房钱和私人假期，多次去那里采风蹲点。连一张复印纸，都是从她低微的工资里支出。她熬过了许多个长长的，像黑隧道一样走不到头的夜晚，才终于把这本书写完了。她只感觉放下了一副重担，她并没有指望这本书能得这么多奖，还被拍成了一部轰动世界的大片。于是这位作家意想不到地出了名——尽管人们都是通过电影认识她的，没有几个人真正读过这本书。可是她刚刚出了一点小名，她的身后，就开始聚集了一堆黑云。这堆黑云用从前各样政治运动里最常用的匿名化名方式，四下攻击她，说她的这本书抄袭了一群她连听也没听说过的作家……"

"不要说了。"沁园制止了袁导。"这个作家如果敢说她经历的是最黑暗的日子，那么她一生里根本没有见识过真正的黑暗。"

徐老师伸出手来，轻轻握住了沁园的手。

"黑暗没有可比性。没有一种黑暗，可以替代另外一种黑暗。只是，什么样的黑暗都可以熬得过去——如果你想熬的话。"

"太多，太多的黑暗。"有人打起了哈欠。"散了吧，我敢保证今天夜里人人都会有噩梦。"

众人大笑，都起身朝电梯走去。小郭的女友，走在了红衫女子的身边。

"其实，我很喜欢吃麦饼。你还有吗，捷克的麦饼？

我想尝尝。"小郭的女友对红衫女子说。

电梯满了，袁导和沁园被关在了外边。

"你，知道我？"沁园问。

"其实，那天在香榭丽舍，你一上车我就认出来了——我看过你的电视采访。"袁导说。"穿了多少层马甲我也认得出你。"

回巴黎的途程很是沉闷。袁导费了很多心思调节气氛，可是空气实在太稠腻，袁导搅不动。旅途到了这一脚，已经积攒了太多的故事。故事太重，不知不觉的，就把人的精神气压蔫了。

"假如有一个人，真心诚意地买了一张机票，邀请你去加拿大，过一个冰天雪地的圣诞节，你会，接受邀请吗？"沁园问徐老师。

徐老师在闭目养神，然而沁园知道她在听。徐老师最常用的一种聆听方式，就是闭目养神。

"Maybe（也许）。"半晌，徐老师才睁开了眼睛。
过了一会儿，沁园才醒悟过来，徐老师跟她说的是英
文。这是这一路，徐老师和她说的唯一一句英文。这句
英文用在这里一点也不显摆，反而是一种恰如其分的妥
帖，给拒绝穿上了一件不伤情面的幽默外套。

沁园拿出了手机，打开电源。十六个未接电话，
十三条短信息。有八条是老刘发来的。老刘的短信息是
一模一样的话，只是发在不同的时间段。

"我们相爱。我们相守。等你回家。"

这是老刘一辈子跟她说过的最肉麻的一句话。老刘
是绝对不会面对面地对她说出这句话的。如果他真说
了，他和她都会窘得无地自容。

儿子也发了一条信息。儿子说："今天我和爸爸把
花园的落叶都扫干净了。现在爸爸做饭，我洗碗。你回
来也是我洗。"

这是儿子很久以来跟她说过的最长的一句话。她知

道，他也不会当着她的面说出这句话的。

还有一条信息来自同事薛东北："沁园你不过是被疯狗咬了一口，怎么连人也不认了？"

最后一条是老板发的。老板的信息最短，只有四个字："救救报纸"。然而四个字之后，却跟了十一个惊叹号。

沁园忍不住笑了。

沁园用最快的速度，给老刘发了一封回信。回信只有两个字：

"同意。"

下车的时候，沁园看见红衫女子递给袁导一个厚厚的信封。她知道这不是例行的小费——例行的小费今天上车的时候就已经收过了。

"这是你和皮尔·卡丹大叔的，一人一半，别打起来，打也没人劝！"红衫女子嚷道。

沁园留在了最后。她在等袁导。

终于，她看见袁导给每一个旅客和每一件行李，都找着了去处。

她朝他走过去，递给他一根烟。他俩靠在街边一棵巨大的梧桐树身上，抽着他们萍水相逢的旅途上的最后一根烟。迷茫的烟雾中，香榭丽舍大街的车水马龙，开始扭曲变形，变成一条灰色的链子，长长的，远远的，向不可知的地方延伸。

"想知道我下部小说的题目吗？"她问。

"做梦都想。"他说。

"《生命中最黑暗的夜晚》。"

两人哈哈大笑，就在巴黎的暮色里。梧桐叶子窸窣，夜风起来了，他们即将行走在回家的路上。

关于现实、

想象力和虚构的杂想

探讨想象力和现实，或者说虚构和现实之间的关系，其实也是在探讨文学创作的精髓和独特性，因为我们很少会用"想象""虚构"这样的词来描述和评价别的学科。文学在各门学科中是独一无二的，它在很多方面和自然科学的规律是反其道而行之的。在现今这个世界上，科学界和商界很时髦的一句话是团队精神（team work），甚至到了把团队精神提升到人品高度的地步，而文学创作从古到今都是一种孤独的个体劳动，作家在出版的流程中间可能卷入某种程度的团队运作，但在真正写作的时候，必定是一种与内心单独相处的状态。创作需要个性，而群体又是相当消耗个性的一种力量。与自然学科相比，文学创作也是很难借鉴前人的劳动成果的。所谓"站在巨人的肩膀上"的说法，在文学创作中很难立足。熟读世界古今名著只能扩展作家的视野，丰富作家的文化底蕴，却不能使作家写出比名著本身更好的文学作品来。在自然科学领域里，一项科研成果的鉴定取决于实验结果能否在同样的实验条件下被多次重复，重复的次数越多，成果的可靠性越强。然而文学创作却是一件永远从零开始的不能重复的个体劳动，没有一种文学模式具备放之四海而皆准的功能。文学的发展过程常常也不是呈线性状态的，并且与时代不一定同步。科技的发达，经济的兴旺，政治制度的开明都不一定能保证文学的进步。落后贫穷愚昧的时代也许能产生震撼人心的文学作品，而先进发达开明的社会也许只能出现大批量平庸无奇的作品。

文学是一门如此独特的学科，还因为解释评价文学的尺标与其他学科不同。现实和虚构是文学创作过程里的钢筋混凝土结构，缺了其中的一块就会有严重的塌方和泥石流。而什么是现实呢？是不是我们耳目所闻所见，身体和精神所经历的都是现实呢？如果现实就是我们的直接生活经验，那么我认为世界上所有的小说都是真实的。我曾经听到一句很有意思的话："历史除了人名是真实的，其余都是假的。小说除了人名是假的，其余都是真实的。"小说中使用的材料都是现实生活的某一断面。我把它们叫作断面，是因为它们不一定具有延续性，也不是都从同一块时间地点里挖掘出来的。无数个这样的真实小断面组合成了一个虚构的大场景，那就是宏大的小说结构。一个作家如果没有直接或者间接地经历过这些真实的断面，他是不可能产生出虚构的灵感的。现实是虚构的基础，虚构其实是构而不虚。以《红高粱》的作者莫言为例，他虽然没有出生在抗战时期，也没有亲身经历过小说中那片"我奶奶"的高粱地，但是他却经历过了他自己的高粱地。他能从他自己那片真实的高粱地里虚构出"我奶奶"的高粱地，但他是绝对不可能从水泥楼里想象出高粱地的，因为虚构必须有厚实的现实作为基础。

从另一角度来说，世界上没有一部小说是真实的。因为真实本身就带了许多主观的因素——你的真实并非是他的真实。即使是你的真实，它也是随着时间的推移和心境的变更在时时改变的。在冯小刚导演的自传《我把青春献给你》里，有一段关于回忆的精彩描述：

记忆就好像是一块被虫子啄了许多洞的木头，上面补了许多的腻子，还罩了许多遍油漆。天长日久，究竟哪些是木头哪些是腻子哪些是油漆，我已经很难把他们认清了。甚至还会出现这样一种情况，我认为记忆中有价值的部分其实是早年就补上去的腻子，而被我忽略的部分却有可能是原来的木头。

冯小刚的这段话就讲到了人的主观意念对客观真实的不断修补——即使是你个人认为绝对真实的记忆，其实已经带上了主观的偏向和虚构的成分。我们不妨做一个实验：我们可以找几个共同经历过某一事件的人，大家对这件事做一次集体回忆，极有可能每个人的记忆版本都和别人有着一些或大或小的差别。甚至我们自己今天的记忆版本，都会和明天的存在着差别。我在抵达花莲东华大学讲课的头天晚上，在欢迎晚宴上，刚坐下没多久就经历了六级地震。尽管我写了那部被改编成电影《唐山大地震》的小说《余震》，但我并未亲历过地震，当时我感觉极为惊慌失措。几天过后，在座的人回忆那晚的事件时，就已经有了细节上的偏差。想象一下十年以后的回忆版本，一定是千差万别的。无数个这样千差万别的版本，就汇成了一个丰富的现实。版本越多，视点就越丰富，事件的描述就会变得越丰满立体。

即使我们的记忆是完全客观可靠的，一个人的经验，尤其是直接经验，也是极其有限的。一个人一生无论有过如何丰富的经历，也不可能走遍世界的每一个角落，也不可能同时过几种生活。他不可能是男人的同时也是女人，生活在城市的同时又生活在乡村，是个世纪老人同时又是个牙牙学语的孩童。在我们只能拥有一个生命，一份生活阅历的时候，如果只拘泥于直接的生活经历，那么，我们就只能书写与自己的生活完全平行的内容。这样的书写落实在文体上，只能是日记，或者是自传。若真如此，岂不可惜，我们就再也看不到严歌苓的《扶桑》，莫言的《蛙》，施书青的《香港三部曲》。

　　一部好小说应该是现实，也就是直接生活经验和想象力的完美结合。什么是想象力呢？它一定是与人的经历相关的。人的经历可以分成两部分：一部分是直接生活经历，还有一部分是间接生活经历。直接生活经历很简单，就是我们亲身经验过的事件。间接经验可能复杂一些，要包括一个人的阅读交谈和对事物的观察。所谓的文学创作想象力大概就是一个人一辈子积累的直接经验和间接经验的某一个电闪雷鸣的刹那发生了强烈的碰撞，哗的一声大爆炸，火花四溅。当我们把那些火花记载在纸上，就有了小说。传统的文艺批评一直非常偏重作家与生活的关系，却常常忽略了想象力在文学创作中的位置。其实再伟大的一个作家，也不可能亲身经历世界发生的所有事件。他必须在特定的场合里借助于想象力。莫言曾经这样说过："为什么到了交通如此发达，通讯如此便捷的现代,（作家）离开了祖国反而不能写作了呢？其实决定一个作家能不能写作，能不能写出好的作品的根本不是看他居住在什么地方，最根本的是看他有没有足够的想象力。"

我很同意他的观点，想象力是衡量一个作家的重要标准。我保持着乐观的心态，因为在现实和虚构的这个话题里，我们有很大的掌控空间。我们可以以自己的意志决定选择以什么样的方式生活，以什么角度进入或者体验现实，我们也可以选择以什么方式记录生活中的现实。但是同时我也有些悲观，我觉得在现实和虚构这个话题里，有些内容是我们所不能完全自主的。传统的文学批评框架里常常说到体验生活，但是运用想象力来调动现实的断面来虚构小说的整体，却不是简单的"体验生活"可以成就的。这里边蕴含了许多天分的因素，是上帝做主的。市场上的小说有相当一部分写得很满很实，就是因为虚构的能力不够。像一幅国画山水，原本是要画出山水的意境的，结果画面上堆满了实实在在的大石头，每一块石头都非常真实，可是许多的真实堆积在一起，反而不像山了，因为失去了想象的空间。

我想和大家分享现实和虚构在我自己小说里的演绎，以我的作品《余震》为例。我之所以选了《余震》，不是因为它是我最满意的作品，而是因为它是最广为人知的作品。先说一说那部小说的构思过程吧。一个人的一生中总有一些日子是神奇的，值得记忆的。二〇〇六年七月二十九日对我来说就是这样的一天。那天我在北京机场等候飞往多伦多的班机。班机因大雨推迟了一次又一次，百无聊赖的等待中，我想起了机场里的一家书店。机场书店大多囤积的是成功学或科普文普类的书，可是那天当我走进书店时，我惊讶地发现店里的每一个角落都摆满了有关唐山大地震的书。那天书店里人极多，冥冥之中似乎有一只手将我轻轻地拨过人流，让我一眼就看见了摆在高处的一本灰色封皮的书——《唐山大地震亲历记》，我这才猛然想起前一天正是唐山地震三十周年的纪念日。当时我并没有意识到：灵感正悄悄地向我袭来，一部与我先前的作品不太一样的小说即将诞生。

坐在候机厅里，我开始读这本书。周遭的嘈杂渐渐离我而去，只觉得心开始一点点地坠沉下去，坠到那些已经泛黄的往事里去。地震那年，我在温州的一家小厂里做车工，懵懵懂懂地开着我的 C 620 车床，对人生没

有憧憬和希望，不知道昏暗的现状会带我走向哪里。那
一年中国发生了许多事，其中的一件就是唐山大地震。
地震的消息通过精密的国家宣传机器的层层过滤，终于
传到江南小城时，只剩下了一组意义模糊的数字和一些
高昂空泛的口号。我也曾为那些数字伤痛过，可那却是
山高水远的伤痛，并无切肤的感觉；也为那些口号激昂
过，可是激昂的情绪总也无法持久。一九七六年的唐山
离温州很远。

可是那天在北京机场，那本回忆录三下两下抹去了
三十年的时光和几千公里的距离，将一些往事直直地杵
到了我眼前。我被击中了，我感觉到了痛。痛通常是我
写作灵感萌动的预兆。回到多伦多后我动用了全部资
源，考察了包括钱钢的《唐山大地震》，张庆洲的《唐
山警示录》以及所有能收集到的关于那次大灾难的资
料。我的眼睛如饥饿的鹰，在乱石一样的图片堆里搜寻
着一些身体——一些带着某种猝不及防神情的身体（如

庞贝古城的遗迹）。可是没有，一个也没有。那个铁罐一样严密的年代成功地封锁了任何带有蛛丝马迹的照片。于是我和那段往事失去了视觉上的直接联系，我的想象力只能在一些文字构筑的狭小空间里艰难地匍匐。

在爬行的过程里我远远望见了一些孩子，一些被称为地震孤儿的孩子。有一个男孩，在截肢手术醒来后，怯怯地请求护士为他那只不复存在的手臂挠痒。有一个女孩，领着她幼小的弟妹，踩着结了冰嘎啦作响的尸袋，寻找被迁葬的母亲尸体。有两个年轻女孩被压在一块水泥板之下，营救人员撬起这头的水泥板，那头的女孩就会被挤疼。两个女孩在那种危难时刻却依旧唱着歌儿彼此鼓励，吩咐营救人员在救自己的时候"轻一点"，不要伤着另一个女孩。这个情节是《余震》里双胞胎被压在水泥板之下，母亲被迫在两个孩子中做出残酷选择的雏形。还有那群穿戴一新，手里捏着一只大苹果，坐在开往石家庄育红学校的火车车厢里的孤儿们。"坚强啊，坚强。"那些孩子被大人们一遍又一遍地鼓励劝说着，他们的眼泪在半是麻木半是羞愧中如同沙漠中的细泉似的干涸了。当载着他们的火车终于抵达为他们精心预备的校舍时，他们在老师和护工的拥抱之中走上了汇报演出的舞台。他们在雷鸣般的掌声中两眼干涸面带笑容地高喊着盛行的口号，而他们的校长却承受不了这样的笑颜，昏倒在舞台之下。

后来我们在媒体上再次看见这些孩子时，都会伴随着一些套话："……成为某某企业的技术骨干""……以优异成绩考入某某大学""……建立了幸福的家庭"。可是我偏偏不肯接受这样肤浅的安慰，我固执地认为一定还有一些东西，一些关于地震之后的"后来"，在岁月和人们善良的愿望中被过滤了。如果我们可以用拟人化的手法描述天灾，其实每一场天灾都是有自己的个性的。一九七六年的那场地震，当人们被人从废墟里刨出来的时候，他们十有八九会高呼"解放军万岁""毛主席万岁。"而相隔三十二年之后的汶川地震里，孩子们从废墟里解救出来时，会说："我要可乐，加冰的。"这是时代的巨大变迁。一九七六年的孩子们接受的教育是："人定胜天""眼泪是属于弱者的。"所以，他们的眼泪被强制性的掩埋了。他们属于无泪的一代。

我发觉我的灵感找到了一块可以歇脚的石头——孩子，和他们没有流出的眼泪，还有那些没有被深究的后来。一旦我锁定了视点，王小灯作为我小说的中心人物便无比鲜活地朝我走来。我想，这个叫王小灯的女人若死在一九七六年七月二十八日，她就会定格在一个单纯快乐渴望上学的七岁女孩形象上。可是，她却活了下来。天灾把生存推入了极限，在这样的极限中一个七岁的灵魂过早地看见了人生的狐狸尾巴。见识了真相之后的王小灯，再也没有能力去正常地拥有世上一切正常的感情。劫后余生的小灯，不再信任人。她一生在渴望得到和害怕失去中间徘徊惶惑。她唯一对付"害怕失去"

的方法，就是把身边的每一个人，比如丈夫，比如女儿，紧紧地抓在手上（"拴在裤腰带上"——这是她丈夫的评语）。地震只教会了她一种爱的方式，那就是把生活中的一切美好揣在手心：爱情，亲情，友情。可是她揣得越紧，就失去得越多。结尾处小灯千里寻亲的情节是我忍不住丢给自己的止疼片，其实小灯的疼是无药可治的。因为她不是浴火重生的凤凰，而且现实世界里火和鸟并不存在着因果关系。不是所有的苦难都能提炼和造就人的，有的苦难是可以把人彻底打翻在地，永无可能重新站立的。

《余震》问世之后，有数位知名的电影人不约而同地表示了将之改编为电影的兴趣。三十年后痛定思痛回首唐山，似乎是许多人的共同心愿。在与华谊签约之后不久，四川汶川发生了天崩地裂的特大地震。那阵子多伦多的电视节目里几乎天天都有让人心碎的画面，我和我的一些朋友们都感觉患上了轻度抑郁症。又一群地震孤儿被推到了聚光灯下，庆幸的是这一次"心理辅导"的话题被许多人提了出来。人们开始意识到，天灾带给建筑物乃至地貌的摧毁和改变，终究会渐渐平复。而天灾在孩子们的心灵上刮蹭出的血，也许会在时间的严密包裹之下，暗暗地渗流得更久，更久。这才是真正意义上的《余震》。

在做完案头调研之后，我开始寻找居住在多伦多的地震幸存者，和他们有过多次的交谈。《余震》的真正书写过程很快，大约只有三五个星期，是一种激情澎湃一泻千里的状态，完全没有任何阻隔和犹豫。整个过程都是一种欲哭无泪的伤疼和沉重。只有结尾处，主人公王小灯终于回到久别的唐山，站在雨后的小街上，看着年迈的母亲在收拾阳台上被风雨摧毁的花盆，而母亲却完全不认识她，只问她："闺女，你找谁？"的时候，我才真正流泪了。

在《余震》这部小说里，我们看见了许多由现实而来的灵感，从这些现实因素里，又衍生了许多虚构的因素。这部小说是真实的，因为在那个时间那个地点，的确发生了那样惨烈的一场天灾。而且在那场灾难中，人们，尤其是孩子们，的确承受了真实而巨大的痛苦。甚至小说里的一些细节，比如截肢的男孩，比如同时被埋在一块水泥板下的两个孩子，也都是真实发生过的事件。然而这整部小说里的人物都是虚构的，因为唐山大地震中并没有一个真的叫李元妮的母亲，为了救儿子而舍弃了女儿；也没有一个真的叫王小灯的女孩，怀着一辈子难以释怀的心结，在是否寻找母亲的事情上纠结不休。李元妮和王小灯是许多真实的碎片，或者说断面，组成的虚构人物，她们具有真正经历过那场苦难的人所经历过的一切痛苦，但她们却不是哪一个在户口登记系统里可以找到的真实人物。这部小说的创作过程，也许就是对现实、想象力和虚构话题的一次诠释和印证。